必勝ダンジョン運営方法 21

雪だるま
YUKIDARUMA

Ⓘ ファルまろ
FARUMAR

モンスター文庫

秋天にくるくると
マフラーを巻いてあげる。
「よし。可愛くなったわね。
これでよし」
「ありがとう。
シェーラかか様。
ラビリスかか様」
アスリン
人族。
家事手伝い。
秋天
ラビリス
サキュバス族。
ダンジョン副代表。

新しい
幼女《なかま》と
雪だるま
作り！
シェーラ
兎人族。
ガルツ国の第七王女。
フィーリア
ドワーフ族。
仕事区鍛冶担当。

駄女神
ルナの帰還を
待っていると…
ユキ（鳥野和也）
日本人。
ダンジョンマスター。
タイキ（中里大輝）
日本人。
ランクスの勇者王。
タイゾウ（本目泰三）
日本人。
二次大戦の技術仕官。

必勝ダンジョン運営方法㉑

雪だるま

MONSTER bunko

必勝ダンジョン運営方法21

CONTENTS

第452掘 鬼退治の準備と新しい研究 —— 4
第453掘 侵食 —— 17
第454掘 考察 酒呑童子といふ者 —— 28
第455掘 剣聖と日ノ本の誇りがため —— 38
第456掘 これは好機とみる人々 —— 49
第457掘 裏方の裏方の裏方の仕事 —— 61
第458掘 奇妙なダンジョン —— 73
第459掘 集まる情報とメンバー集結 —— 84
第460掘 最終ブリーフィング —— 96
第461掘 長き旅の終わり —— 105
第462掘 笑ってはいけない道中記 —— 116
第463掘 混迷する状況 —— 127
第464掘 異世界の侍と剣の神 —— 140
第465掘 動き出す毘沙門天と本命登場 —— 150
第466掘 酒呑童子の経緯と処分 —— 162

第467掘 秋天と童子切 —— 174
第468掘 ランクスの後始末 —— 186
落とし穴80掘 鍋の戦い冬の陣 —— 197
落とし穴81掘 クルシミマス（誤字にあらず） —— 208
落とし穴82掘 いい子にはプレゼントの日 —— 220
第469掘 姫と脳筋の行方 —— 233
第470掘 まとめ 異世界の侍と剣の神のその後 —— 245
第471掘 まとめ 我儘姫と毘沙門天 —— 254
第472掘 まとめ 折れた天下五剣と女神 —— 264
第473掘 そして打ち上げへ…… —— 275
落とし穴83掘 年末の戦場 —— 286
落とし穴84掘 いつもの年越し —— 295
落とし穴85掘 正月は飲め 女子会暴露大会 —— 306
落とし穴86掘 正月すぎてのんびりと —— 318
番外編 どちらも初めて —— 330

第452掘：鬼退治の準備と新しい研究

Side：タイキ

えーっと、確か、レイの奴の処刑が確定したんだけど……。


「タイゾウ殿。警備の手配の確認をお願いいたします」

「すまない。ルース殿」

なぜか、タイゾウさんがルースと処刑のことで警備の打ち合わせをしている気がする。

そう思っていたら、キーノグまでタイゾウさんに走り寄ってきて話しかける。

「タイゾウ殿。処刑の喧伝《けんでん》は終わりましたぞ。これで10日後には剣の国まで話は届いて、一か月後の処刑当日までには何らかの動きを見せるでしょう」

「キーノグ殿。ありがとうございます」

あるぇー？

キーノグもなんか、日程の話し合いをしている気がするぞ？

君たち、２人ともランクスの重鎮だよね？

俺の部下だよね？

キビキビと指示を出すタイゾウさんを見ると、なんか自分がランクスの王様だっていう自信がなくなってきた。

そんなことを考えていると、タイゾウさんが書類をまとめてこちらに持ってくる。

「タイキ君。この書類の確認をお願いしたい」

「あ、はい」

受け取った書類に目を通す前に、タイゾウさんが口を開いて書類の内容の説明を始める。

「知っての通り、主な内容はレイの処刑に関することで、詳細《しょうさい》な内容を決めたものだ」

「……みたいですね」

話は遠くからも聞いてたから。

ユキさんの方は、童子切安綱《どうじぎりやすつな》の対策で調べ物があるとか言って戻っちゃったから、ユキさんの確認は後に回すしかない。

そんなことを思いながら、書類に目を通す。

簡単な内容は以下の通りだ。

・主な目的
元ランクス近衛副隊長レイの処刑。

罪状は国家反逆罪、およびその他諸々。情状酌量の余地はなし。

これを大々的に処刑することにより、ランクス国内の旧ランクス王家勢力および、他国へ対するタイキ陛下の統治を強く示す。

・副次的な狙い
　レイは元ランクス姫、ビッツの側近。ビッツの姦通《かんつう》相手でもあり、ビッツの恋人というのが知られている。

　そこを狙い、処刑を大々的に宣伝し、ビッツやその一味を匿《かくま》っているであろうノゴーシュを誘い出し、この争いの終結の機会を狙う。
・以上の目的達成のために必要な場所、物資、人員、費用など
　場所は、あえて、剣の国近くの村を選び、相手がこちらに来やすい状況を作る。

　物資は、処刑場所の村での施設建設、および村人たちの一時避難場所を確保するための建材など。

　人員は、レイを逃がさないための警備増強および、村の全住民と入れ替えるために必要な兵士。

　なお、ユキ君の所からも、魔物たちが伏兵として待機予定。

　相手が相手なので、警備、処刑場は練度の高いランクス兵士で固めることを推奨する。

　費用については、レイのいる牢屋の強化をユキ君に頼んである。技術費用というやつだ。それと、村人へ扮装するための服など、それに合わせた武器の調達。最後に、一時避難するための村人への補填費用。

　とまあ、こんな感じだ。

　実に理にかなっているといえばそうだけど……。

「タイゾウさん」

「なんだい？　何か不明な点でも？」

「刀のことが載ってないですけど……」

あれだけ怒っていたのに、この書類に刀のかの字もないのが不気味だった。

「ああ、さすがにランクス国に関係のない話は持ち込まない。これは、あくまでも、レイの処刑とその関係者をつり出すための作戦立案だ」

ほっ。

どうやら、そこまで暴走しているわけではなさそうだった。

「で、こっちが、本命だ」

あ、いや、暴走してた。

別紙でちゃんと刀のことを用意してた。
・島津一文字、および童子切安綱の奪還について
常にユキ君のコール画面からの監視がなされているので、ビッツ、ノゴーシュが処刑場を訪れた時点で所持しているか分かる。

所持していた場合は殺してでも奪い返し、所持していない場合、拷問《ごうもん》をして所在を吐かせる。

刀が無事であれば、打ち首ではなく、自刃させる予定。

あ、うん。良くて自殺扱いね。

「えーっと、申し訳ないですけど。一応、ビッツやノゴーシュの処刑は俺一人では決められな

いんですが……」

恐る恐る聞いてみる。

「……一応、希望というものだ。大丈夫だよ。さすがにここまでできるとは思っていない。いろいろな状況から鑑みて、勝手に処刑してしまうのはいろいろ問題があるのは理解している」

よかった。

こういう理性もほんの少しは残っていたらしい。

「だが、ことは我が主家の、島津一文字、国宝にも等しい童子切安綱を盗まれた。これは日本としての対応をちゃんと求めるべきだろう。私たちがこの異世界にいる日本人として、日本を背負っているのだから」

「はい。それは……分かっています」

はぁー。

本当に厄介《やっかい》なことしてくれやがったな。

どこの国でも国宝を盗まれるなんてことは、基本あってはいけない。

国の宝と書いて国宝。

国がその物の価値を認めたという、疑いようのないお宝だ。

万が一盗まれたとして、国内外でも大騒ぎになるのは目に見えている。

それが現代の地球でこれだけ影響が出るのだから、この中世ヨーロッパの剣と魔法の世界では、国宝なんてのは文字通り国の象徴というレベルの代物まで存在する。

そういうわけで、俺やユキさんは騒ぎを大きくしたくなかったのだが、国宝の重要性を深く理解している、ルースやキーノグ、ガルツのティークさんは慌てて、その刀についての奪還作戦をタイゾウさんに任せたのだ。

日本人代表として。

俺やユキさんは、ほらランクス国王だったり、ウィードでいろいろ忙しいしもともと表舞台に立つ人間じゃないし、そういうことで、タイゾウさんに白羽の矢が立ち、島津一文字の件もあってやる気満々だというわけだ。

「だが、奪還の書類を見ての通り、今はその盗人どもをおびき寄せる作戦が第一だ。この処刑作戦、予算などは通せそうか？」

「えーっと、ルースやキーノグに使える人員や予算、物資を確認しないといけないんですが……」

俺が、そう言ってルースとキーノグに視線を向けると……。

「はっ、すでに人員の選定に入っております。不足なく、余剰人員の捻出もしておきます」

「はっ、予算はすでに確保してあります。仕入れる物資はユキ殿の方から融通してもらいますので、滞《とどこお》ることはないでしょう。ことは、ランクスの存亡にかかわりかねない内容ですので、抜かりはないですぞ。無論、今後の国の運営に必要な資金は残してありますので、何も心配ありませんな」

あー、さっきからタイゾウさんと話していたからね。

すでに、俺のGOサイン待ちですか。

はいはい。許可出せばいいんでしょう。

「それならいい。なら、予定通りに準備を開始しろ。間に合いませんでしたとかはないぞ」

「「はっ‼」」

返事をした二人は一気に部屋の外へと飛び出して、関係各所へ連絡をしに行ったんだろうな
ー。

やる気があるのは、いいことだと思うが。

「でも、タイゾウさん。この作戦は相手が動かないと意味がないですよね？　引きこもる可能性や知らぬ存ぜぬで押し通されたら終わりですけど、そこのところはどう思っているんですか？」

「ははっ。そんなことは織り込み済みだ。まさか、この程度のことで敵の大将と思える2人がのこのこ来るわけないだろう。大事なのは挑発だ」

「挑発ですか？」

「うむ。この挑発で、相手は何らかの動きを見せるだろう。表向きには分かりづらいが、霧華君やモーブ殿たちなら、ノゴーシュやビッツの動きをとらえられるだろう。さすがに、まったく動かずなんていうのはあり得ないからな」

「ああ、この話を流した時に、必ずビッツとノゴーシュが接触するってことですか」

「そうだ。ノゴーシュは国王でもあるから、動きはつかみやすい。そこを追っていけばビッツ

に辿り着くだろう。そこで、改めて作戦を考える」

「なるほどー」

「まあ、ランクスからも秘密裏に、交渉《こうしょう》いかんではレイを返還してもよいという旨の話を送るがな」

うわー。

誘惑というか、罠《わな》たっぷりですか。

さすがにこのどれかには引っ掛かりそうだな。

「さて、準備の方は私たちが直接動くようなことはないだろう」

「はい。そうですね」

立案者が実働に入るとか、それはかなり厳しい状況だ。

そんなことにはならないように、ちゃんと予算や人員、物資などを確保しておくのが、上に立つ人の責務と言える。

「じゃ、タイゾウさんはこれから休みますか？　今まで働き通しでしょう？」

てっきり休む方向の話かと思っていたのだったが、タイゾウさんは俺の言葉を聞いて眉をしかめる。

「何を言っているんだ。確かに休むことは必要だが、今はそれより備えておくことがまだあるだろう？」

「備えておくこと？」

もう大抵終わったと思うけどなー？

何か忘れてることとあったっけ？

ユキさんへの報告なら明日ってことになっているし、なんだろう？

そんなふうに首を傾げていると、タイゾウさんは竹刀《しない》を取り出して、こちらに渡してきた。

「えっと、これはどういうことでしょうか？」

「無論、訓練だ。いや、本格的な訓練は明後日以降だな。ユキ君の動きも確認しておかないといけないからな」

どういうことでしょうか？

俺がさっぱり状況を飲み込めないでいることに気が付いたのか、タイゾウさんがようやく何を目的に訓練をするのか言ってくれた。

「酒呑童子《しゅてんどうじ》が復活した際には、私たち日本人が先陣で戦わなければならない。かの英雄たちが寝首を掻《か》くしかなかった、あの鬼と戦うのだ。準備はしておかなければならない」

あー、そういえばそんなネタもありましたねー。

いや、ガチだからネタにはならないか。

「とりあえず、訓練したところで勝てる気はしないですが……」

そう言いつつも竹刀を受け取り、立ち上がる。

「何もしないよりはいいだろう。ユキ君が合流をしてからは、ユキ君が集めてくれた酒呑童子の話から予想できる動きを分析して、なるべく優位に動けるように研究会を開かなければいけない」

「銃器で片付けられればいいんですけどねー」

「私もそう思う。しかし、こんな異世界まであったのだ。大江山の鬼の大親分に銃器が効くとは思えなくてな。こういうのは古来から、魂を預けた武器でのみ、傷がつけられると聞く」

「それは同意見ですね。でも、科学の第一人者のタイゾウさんからそんな話が出てくるとは思いませんでしたよ」

こういう、妖怪とか幽霊とか、まったく気にしない立場かと思っていたから。

「何を言うんだい？　この妖怪もおそらくは、この異世界と同じように、特殊なルール。すなわち、私たちの知らない法則に従って、使っているに過ぎないだろう。ならば、それを調べて解明するのが科学者の責務だ」

ああ、そういうことか。

そういえば、肝試しの時の分析も喜んでやっていたよな。

「不謹慎かもしれないが、私は内心、心が躍っている。楽しいのだ」

「楽しいですか？」

「ああ。無論、国宝が奪われたということには憤慨《ふんがい》するべきものだが、今回のことで、地球にも魔術や呪術があったことの証明になりそうだ」

「ああ、そう言われると確かに……」

「新しい分野の開拓。いや、こういう眉唾な研究は存在していたが、これは日の目を見る研究かもしれないと思ったのだ。いつか、いつの日か、地球に戻るときがくる。その時、私が生きているかは分からないが、私が行っていた通信などの研究はすでに君たちの時代には遥か先に行ってしまっている。それは悔しいじゃないか。だから、私はこの世界で解明すべき新しい謎を追いたいと思っていたのだが、ここにきて地球の過去における、魔術、呪術の使用の可能性だ。これを解明できれば、いつか地球に私の研究だけでも届けば、きっとみんな驚くだろう。そう思わないか？」

「でしょうねー」

きっと、妖怪探しとか、ああいう番組が再発するに決まっている。

「それはきっと楽しいと思うのだ。まさか、この年になって、新しい目標を見つけられるとは思わなかった。だが、そのためにも……」

「酒呑童子に負けるわけにはいかないですか」

「そうだ。可能ならば無傷で確保したい。最高の研究対象ではないか‼ 日本原産の魔物といっていい存在だ‼ これは、日本の……いや、地球の歴史に新たな一ページを加える事実になる‼」

そう言って、笑顔で竹刀を構えてるタイゾウさんを見て、やっぱりこの人は根っからの研究者なんだなーと思った。

ま、そんな大きい夢を知った俺も、きっと笑っているのだろう。

さーて、竹刀をちゃんと握って……。

「いきます‼」

「こい‼」

まずは、大江山の鬼退治の訓練だな‼

Side：ユキ

「あんたねー。もうちょっと、こうやることがあるでしょう？　明確にラスボスみたいなのが出てくるんだから……」

そう言って、ぶつぶつ文句を言っているのはルナだ。

大江山の酒呑童子対策とか、今後、地球からの物資輸送は、俺の関係者に限ると制限をつけさせたし、これ以上、この世界の混乱を防ぐためにも、異世界召喚《しょうかん》ができないように、星に結界を展開してもらうことにした。

前々から思っていたが、核ミサイルつかえばいーじゃんというバカが地球からやってきたら終わりだからだ。

幸い、転送ゲート、転移魔術の上位版みたいなもので、阻害《そがい》することは特にルナにとって負担でもなかったらしいので、すぐに展開された。

おかげで今までの貸しがなくなっているけどな。

「うっせー。誰が、酒呑童子の復活を待ってガチ勝負するかよ」

「本当にあんたは主役体質じゃないわね」

「昔から俺は一般人で通ってるんで残念でした」

そう俺はノーマル、ザ・平凡、そんな言葉がふさわしい男だったのだ。

誰が、漫画やアニメの主人公みたいに戦うかよ。

それは俺の役どころじゃないというのは、昔から百も承知だ。

「だから、徹底的に戦わない方向で動く」

「……嫌な性格よねー」

「うっさい。とりあえず、効果のありそうなお札ってどれだよ？　札術とか知らないんだよ」

「知らないの？　習っときなさいよ」

「どこでだよ‼」

俺を何でも屋と思ってないか、この駄目神。

はぁ、なんで異世界に来てまで鬼退治かなー。

第453掘：侵食

Side：霧華

私たちの知らないところで、世界は動くとはよく言ったものです。

てっきり、剣の国の王都にいる私たちが、一番この問題の中心にいるかと思っていたのですが、昨夜からその中心はランクスに移ったようです。

まあ、問題なく防衛は成功して、捕虜《ほりょ》も得たと、朝の定時報告にありました。

その関係で、また私たちの動きが変わるので、モーブさんたちの所に足を運んだわけですが……。

「ぐがー。ぐごー」

いびきをかいてモーブさんは盛大に寝ているようです。

テーブルの方にいる、ライヤさんやカースさんは起きていますから、どうやら順番で仮眠でも取っているのでしょう。

「出直した方がいいですか？」

「いや、大丈夫だ」

ライヤさんは特に気にした様子もなく、寝ているモーブさんに向かって蹴《け》りを繰り出す。

「ふごっ⁉　なんだ‼　敵か‼」

さすが、優秀な冒険者といったところでしょう。

蹴りが当たる直前に身をひるがえして即座に枕元にあったナイフを握ります。

自分の得意とする大剣ではなく、部屋の広さにあったナイフを瞬時に取る辺りもすごいです。

やはり、ただのおっさんではなかったと思う瞬間でした。

主殿が、まだ私たちがいないときに頼りにしたというのも理解できます。

「敵じゃない。霧華が来た。というよりお前ずっとあれから寝てたからな」

「ええ。もう朝ですよ」

「マジか!? すまん!!」

「いや、お前が一番気を張っていたからな。気にするな」

「そうですよ。俺とライヤさんで交代で休んでいましたから。で、霧華さんが来たんで起きてください」

「あ、わかった。霧華すまん」

「いえ。起きたのならなによりです。しかし、今起きたということは現状を知らないようですね」

「ああ」

「では、そこからですね」

私はとりあえず、主殿からの報告を簡潔《かんけつ》に説明する。

敵の撃退に成功して、敵の指揮官を捕虜にとり、その捕虜が敵の中核である可能性が高い事から、大々的に処刑を行うこと。

　その行動で、関係しているノゴーシュが必ず動いて出てくるはずなので、そこの監視を強めてくれとのこと。

「話は分かった。でも、俺たちが冒険者ギルドで動くのは変わりないんだろう？」

「はい。ですが、これ以上に厄介なことが判明しました」

「これ以上に厄介？　どういうことだ？」

　そう、本題はこれから。

　主殿の故郷で国宝ともいわれる刀が、ビッツによって取り寄せられたこと、その刀には恐ろしいオーガが封印されているので、まず所在を確認してほしいという話。

「オーガが封印？　そこまで慌てるようなことなのか？」

「言い方が悪かったですね。この世界の分類上、オーガに近いだけで、完全に新種に近いタイプです。主殿の故郷では鬼と分類される妖怪の中でも最上位の魔物です。さらに、その鬼という分類の中でも、頂点と言われるのが、童子切安綱に封印されている酒呑童子といわれています」

「……なんかものすごく物騒だな。でも、あれだろう？　ユキならちょいちょいってやれるんだろう？」

「そうだといいのですが、その酒呑童子は当時、各々で英雄譚を持つ、英傑5人をもってしても、真っ向から勝負しないで寝首を掻くことでようやく仕留めたという伝説が残っているぐらいです」

「……それは大丈夫なのか？　大丈夫じゃないのか？」

「それを見極めるのが私たちの仕事です。その鬼が封印されている童子切をおそらくはビッツないし、ノゴーシュが所持している可能性が非常に高いのです。ルナ様曰《いわ》く、そうそう解ける封印ではないですが、よほどの耐性がない限り刀に宿る童子の荒魂《あらみたま》に精神を侵食されるそうです。そうなると、刀の持ち主が、無体を働き、人を斬り、悪意を吸収して封印が解けることもあるそうです」

「刀が人をねー。そういう話は聞いたことあるな……」

「確かに、呪われた剣というのは聞いたことがあるな」

「その類《たぐい》ですかね？　レイス系になるのでは？」

モーブさんたちはあまり焦《あせ》っているようには見えません。

まあ、日本三大妖怪など知らないでしょうし、実感が湧《わ》かないのでしょう。

「話は分かったが、ノゴーシュの奴が持っているのならそこまで心配することなのか？」

「いや、モーブ。問題は国宝というところだ。ルナ様のミスとは言えオリジナルが来たのだから、ユキたちが慌てて取り戻すはずだ」

「そうですねー。国の面子《めんつ》にかかわりますし」

「ああ、そういうことか」

「さらに付け加えるのであれば、主様の故郷の大妖怪がこの世界で暴れる可能性があるのです」

「そりゃー、見過ごせないな」

「幸い。今日はノゴーシュの公開試合日です。そこで刀を持っているか確認できるでしょう。まあ、持っていても、その試合に使うかは分かりませんが、私はその試合からノゴーシュを追って刀の所在を明らかにするよう命令が来ています」

「ああ、そうか。今日は公開試合か」

剣の国は実力主義という、脳筋の図式があるので、こうやって定期的に王が公開試合を行って、兵の徴収《ちようしゆう》を行っているのです。

私から見れば馬鹿なやり方だとは思いますが、主殿曰く、一定以上の力を持つ者を、何も養成所とかもなく定期的に集めるには都合の良い手段だと言っていました。

ノゴーシュ自体が試合に出ることはまれで、その試合で認められれば勝とうが負けようが、剣の国の騎士に任じられるので、成り上がりにはいい場所となっています。

こういうところは貴族主義とは違った人気が民にはあるようです。

見世物としての観光客集めにもなっているみたいです。

「ということなので、本日は、一緒に公開試合を見に行って欲しいのです。刀の確認もありますし、ノゴーシュ自体の実力を見るいい機会です」

「まあ、俺たちもその予定だったし、いいよな？」

「ああ。今日はこっちもそのつもりだった」

「そうですね。そんなに都合よく、刀が見つかるとは思えませんが……」

カースさんの言う通り、そんなに都合のいい話があるとは思いませんが、むやみに捜索するよりは可能性があるので、見ることに越したことはありません。

そういう話で、公開試合の闘技場に来たのですが……。

ざわざわ……。

思ったよりも人が多いですね。

小国の定期的な催しの割にはすごいと思います。

「やっぱり人が多いな」

「お前も昔は来てたんだろう？」

「まあなー。参加する側だったからな」

「結果はどうだったんですか？」

「それがなー。その時、変な参加者が一人いてな。俺は自分の修行不足を実感して、冒険者になったんだよ。って、ちょっと待てよ？　その参加者は確か刀を持ってたな」

思いもよらぬ情報が飛び込んできた。

刀を持っていた？

もしかして、いまだ見ぬ実力者が敵にいる可能性がある？

「それはどういうことですか？　詳しく聞きたいのですが」

「あー、ちょっと待て。確かー、ノブツナとか言ってたな。そいつの凄《すご》いのなんのって、ノゴーシュとの一騎打ちまで認められて、圧勝したんだよ。でもな、それがまずかった。剣の国の王様の面目を潰したからな。箝口令《かんこうれい》が敷かれて、そのノブツナって奴も追われてすぐに逃げたんだよ」

「あー、それがここ30年あまりおとなしい理由か」

「なるほどですね。戦争したがりのこの国がおとなしかった理由はそこでしたか」

……モーブさんたちには上泉信綱の話はしていませんでしたね。

しかし、凄《すさ》まじい話ですね。

本人としては剣の道の探究だけが目的だったのでしょうが、神も超えているとは……。

幸いなのは、上泉信綱は今この国にはいないようですね。

主様からは、ああいう規格外とは敵対するなと厳命が下っていますし。

となると、やはりノゴーシュがその時に刀に目をつけたと思うべきですか。

これは主様に報告しなければ。

そんなことを考えているうちに、公開試合が始まりました。

すでに予選は終わっていてベスト10が出そろっています。

優勝者がノゴーシュと手合わせができるという、オマケが付いているようなので、そこを見ればいいでしょう。

しかし、どの試合も低レベルです。

まあ、これが普通なのでしょうね。

主様たちが規格外なだけと改めて認識させられます。

そもそも、剣を振り合うというのが、主様の故郷にある兵器の前ではもうすでにスポーツの域ですからね。

もちろん、私もちゃんと銃器を使えます。

正直、剣とかよりも、銃の方がいいです。

そうやって、つまらないながらも試合を眺めていると、何やら、大会運営の人たちが集まって、魔物が入っていた檻を舞台に上げる。

「なんだあれは⁉」

「ミノタウロスじゃないか‼」

周りからそんな声があがります。

確かに檻の中にいるのは、ミノタウロスです。

何かの余興だとは思うのですが、何をそんなに驚いているのでしょうか？

「あー。霧華には雑魚なんだろうが、ミノタウロスは本来高ランクの冒険者たちか、中隊規模の軍隊で退治するものだ。だから、あんなふうに捕らえてくるというのは恐怖をあおる」

私が不思議そうな顔をしているのを見たライヤさんが説明をしてくれます。

「なるほど。しかし、周りの様子からは普通ではあり得ないような感じですが」

「普通ならオークとかだな。ミノタウロスなんて、ダンジョンでもない限り、簡単に捕まえられないからな」

「そういうことですか」

「おそらくは、霧華さんの考えている通りでしょうね」

ビッツに要請してミノタウロスを持ってきたと見るべきでしょう。

しかし、何のためにという疑問が残りますが、登場したノゴーシュを見てその疑問は吹き飛びました。

ノゴーシュは腰に刀を佩《は》いていました。

遠目からでも分かるほど、危ない刀です。

……まさかこれほどとは。

ミノタウロスの登場にざわめいていた観客も、ノゴーシュが抜いた童子切に目を奪われ……

いや、ひきつけられ、静まりかえっています。

その様子に満足したのか、ノゴーシュは檻を開け、ミノタウロスと対峙し、あっという間に
一刀両断してしまいます。

そして、納刀した瞬間……。

ワーーーーーッ!!

大歓声が闘技場を包みます。

ノゴーシュはその歓声に手を振り、そのまま戻っていきます。

「おいおい。マジかよ」

「……ユキが警戒しているだけあるな」

「これは、ノゴーシュよりもあの刀がまずそうですね」

「……そのようですね。私はいったん、主様に連絡を入れます」

そう言って、その場を離れるのですが、正直、思ったより簡単に刀を見つけられたことを喜んではいられませんでした。

「あれは、まずい」

ノゴーシュの纏う魔力が思いっきり濁り始めていたのです。

刀から侵食されるように腕からじんわりと……。

「一か月後では遅すぎますね。なるべく早い作戦の開始を進言しましょう……」

もうちょっと、神なのですから、侵食に耐えて欲しいのですが……。

それは無理な相談ですかね？

第454掘：考察　酒呑童子といふ者

一霊四魂《いちれいしこん》

こういう言葉がある。

意味は、人の魂、心は、天と繋がる一霊「直霊《なおひ》」と4つの魂から成り立つという日本の思想である。

一般的なわかりやすい解釈としては、神や人は4つの魂を持っていて、「荒魂《あらみたま》」、「和魂《にぎみたま》」、「幸魂《さきみたま》」、「奇魂《くしみたま》」があり、それらをまとめる「直霊」という一霊がコントロールしているという思想。

荒魂は活動。

「勇」は荒魂の機能であり、前に進む力である。勇猛に前に進むだけではなく、耐え忍びコツコツとやっていく力でもある。行動力があり、外向的な人は荒魂が強い。

和魂は調和。

2つ目の和魂は、親しみ交わるという力である。その機能は、1字で表現すれば「親」である。平和や調和を望み親和力の強い人は和魂が強い。

幸魂は幸福。

3つ目の魂は幸魂であり、その機能は人を愛し育てる力である。これは、「愛」という1字で表される。思いやりや感情を大切にし、相互理解を図ろうとする人は幸魂が強い人である。

奇魂は霊感。

4つ目は奇魂であり、この機能は観察力、分析力、理解力などから構成される知性である。真理を求めて探究する人は、奇魂が強い。

これらを担うとされている。

やや、分かりづらいが、心はこの4つに分かれるという考え方で、これを司る、一霊を通常であれば直霊。悪という概念に偏るのであれば曲霊《まがひ》と呼ぶ。

Side：セラリア

そんなことをつらつらとホワイトボードに書き連ねているのは、我が夫、ユキである。

「ねえ。確か私は、酒呑童子の説明を求めたのよね？」

そう確か、私は今回一番問題になりそうな、酒呑童子のことを聞いたのだが、荒魂ってなに？　から、ここに至ってしまった。

日本の独特の概念って凄いわね。

心はどうやって成り立っているのか？　なんてことを考えてこういう一霊四魂という考えを編み出した。

確かに、これは理にかなっている気がする。大陸の五行思想もだ。

地球はこういう内面のことも進んでいるのだなーと思う。

……面白い話ではあるが、そんな話を聞きたいわけではない。

「酒呑童子の説明にいるんだよ」

「封印されている荒魂のことよね？　これを見るに、ただの活発な魂としか思えないんだけど？　これがなんで暴走するのよ？」

「この荒魂は、良い意味でいえば活動的や勇気を示す言葉だが、ことこういう場合には、暴力性、残虐性を示す言葉になる。神様の荒魂を鎮めるっていうのは、そういった怒りによる災害を止めようという考え方からだ」

「つまり、封印されている酒呑童子は暴れん坊の魂が封印されているってわけね？」

「そういうこと。本来であれば、あと三つ。和魂、幸魂、奇魂があって心は完全なバランスを保っているとされている」

「つまり、荒魂しかないから、そもそも話し合いなんて通じないってこと？」

「そういうこと」

「野生の魔物と特に変わらないんじゃない？」

動物や魔物と一緒で襲ってくるって話にしか聞こえないのだけれども。

「それが違う。基礎能力は四魂に分散されているとされるから、荒魂一つでは性能も落ちているだろうが、荒魂は主に暴れる、恨みを晴らす方向で動く。つまり、人の多いところを狙って動く」

「ああ、縄張りとかはなくて、人を襲うだけの怪物になるわけね」

「そういうこと。感情の制御ができないだけで、力や知識、考える頭はそのままあるんだよ」

「聞く限りは、恨みで動く見境のない人間って感じね。でも、それは力がないとダメじゃないかしら？　そもそも、酒呑童子の力というか戦力を聞きたかったのだけれど？　当時の日本の有名な侍たちが相手でも寝首を掻くのがやっとだったってのは、あなたから聞いたわよ？」

問題はそこ。相手の性格だろうが、荒魂だけだろうが、強さが分かれば対策を立てられる。

私としては、おもしろいものが転がり込んできたとすら思っているわ。

だって、日本の伝説に名を遺《のこ》した侍たちが、不意打ちするしかなかった魔物がいるなんて、ワクワクしないかしら？

そんな期待の顔をしたのがいけなかったのか、夫はしかめっ面をする。

「……これだからちゃんと話しているんだよ。いいか？　基本的に物理攻撃は無効、術にも非常に耐性があって、炎の化身とかいう逸話もある」

「なによそれ？　ならナールジアの特製剣でぶった切ればよくないかしら？」

「ちょっとはそのバトル思考から離れろ。酒呑童子の悪逆の中で一番有名なのが、貴族の姫を攫《さら》って側仕《そばづか》えにしたり、生きたまま食ったとか言われている」

「女の敵じゃない。やっぱり封印じゃなくて、殺さないと」

ただの魔物以下のクソ盗賊《とうぞく》の外道じゃない。

「そこがおかしいんだよ」

「どこがよ?」

「女を側仕えが」

「どうして?」

「なんで、人の理から外れている鬼が、女を食料や繁殖以外の目的で側仕えさせているんだ?」

そう言われるとそうだ。

「でも、伝説なんてそんなものでしょう? やり口から見て盗賊だったとか言う話じゃないかしら? 女を攫うなんて、典型でしょう? あからさまに後世に残すには盗賊に好き勝手暴れられましたーってのは恥だし。とても強い魔物がいましたってことにしたんじゃないかしら?」

「で、その盗賊相手に、有名どころの5人が集まって寝首を掻いたか?」

「……敵が多かったんじゃないかしら?」

当時の英雄たちだって頭を使うでしょうし、多勢に無勢なら寝首を掻いて首領の首を取る方がいいって分かるわよね。

「そんな相手が、竜宮城のような……って言っても分からないな。立派な屋敷に住んでいたって話もある」

「どういうこと？　立派な家に住んでいた？」

「酒呑童子の話を調べるとな。出生は諸説あれど、結局、大江山で立派な屋敷や館を構えるって話になるんだ」

「それはますます、酒呑童子が人であったって話につながるけど、それじゃ……」

そう言って、夫の言わんとするところに気が付いた。

「つまり、酒呑童子は当時の権力争いで邪魔になった人物ってことかしら？」

「頭の回転速いなー」

「私も、そういう身分の出だからよ。しかも当時の京の都って、日本の首都よね？」

「まあ、首都って呼ぶにふさわしいかよく分からんが、天皇がいたことは間違いないな」

「……はぁー」

夫の話している事実を聞いて、私もため息が出た。

「なに？　まさか、酒呑童子は当時の天皇家の血筋である可能性もあるってことかしら？」

「さあ、詳しいことはさっぱりだしな。でも、今までの話からそういう可能性もあるかなーってな」

「可能性大よ‼　わざわざ、討伐《とうばつ》を命じたのは都でしょ？　しかも、大江山に居城があるって知っていた。つまり、大江山に追いやったのよ。だから、堂々と都で人さらいができた。もともと都の人間だから。というか、それすらも怪しいわね。当時の都は、大江山に追いやった酒呑童子に人が付いて行っちゃったんじゃないかしら？　だから、悪評をつけたって方が納得いくわ。わざわざ、酒の席に同席させてもらえたんでしょう、その5人の侍は？」

「そうそう、その席で毒酒を飲ませて寝かせて首を斬ったって話だな」

「どう考えても、京からの使者ってことで迎え入れたに決まってるじゃない‼　話し合いに応じるつもりだった人をお酒で眠らせて、首を斬ったわけ⁉」

「まあ酒呑童子は首だけになって、だまし討ちをした、源たちに……、鬼に横道はない。鬼にも劣る所業をするお前らはいったいなんだ。って言葉を言ったぐらいだからなー」

「……どう考えても、当時の権力争いじゃない。姫しか攫わなかったって話も納得よ。攫われたんじゃなくて、大江山の方に付いたんでしょう？　婚姻関係を結ぶには京の連中より大江山の方がよかったって話」

「やっぱり、セラリアでもそう考えるよな」

「……この話を聞いて、この回答に行きつかない王侯貴族がいたら、速攻、平民に落とすべきね」

「そのあと、首は懺悔《ざんげ》して、今までの罪を悔いて、病気を持つ人々を助けることを望んだため、京まで首は持ち帰らず、埋葬したって話だったな。今では首塚大明神って話で、病気に霊験あらたかだとかなんとか……」

「それは、どう考えても、首を斬った5人がいたたまれなくなって、その地に埋葬したんでしょう。そして、酒呑童子がなんで大江山に追いやられたのかは、病気だったんでしょうね……」

そうでもなければ、わざわざ病気なんて限定しなくていい。

戦勝だとか、幸運でもよかったのだ。

「さて、この話を知ったうえで、酒呑童子の復活に賛成か？」

「……いいえ。本人としても不本意でしょう。そんな怪物として暴れまわるのは」

そんな相手を斬る気にはなれない。

はぁ……、やる気が萎えたわ。

「その童子切安綱は国宝クラスだったわよね？」

「ああ」

「もう、それは国が認めているようなものじゃない。その刀はまやかしではない。立派な人を斬った刀として、祭っているんでしょう。神刀であり妖刀とはよく言ったものね」

……でも、少し妙なことに気が付いた。

「ねえ、酒呑童子が人だったのなら。なんで鬼とか、あなたが言う物理無効とか変な力があるわけ？」

そう、地球には魔術はないはずだ。

「いや、今は俺の知る限り一般にはないだけで、裏にはあるかもしれないし、さらに昔のことだしな。当時は歴代最高と言われる陰陽師の安倍晴明とかいう、こっちで言う大魔術師みたいなのもいたしな。そういう力があったのかもしれない」

「……つまり、あなたは、相手がどんな力を使うかまったく把握《はあく》できないから、復活反対ってわけね？」

「そうそう。ルナに聞く限り、五行術とか、陰陽道での力の行使は可能とか言ってるし、マジでそういう力があったと思うべきだろう？」

「それは確かに、復活は阻止《そし》したいわね」

相手の力がさっぱり分からないのはいただけないわね。

そういう意味でも復活はさせたくないわね。

「正直、面倒極まりないから、さっさと回収したいんだよな」

「そうは言っても、今はビッツかノゴーシュの所なのよね」

間違っても、封印が解けるようなことにならないといいけど……。

さすがに、かりにもダンジョンマスターと剣の神、そう簡単に乗っ取られたりはしないでしょう。

一か月先の処刑で動きを見て、それから押さえに動いても間に合うでしょう。

そう思っていたのだが……。

『主様。霧華です。本日は剣の国の公開試合を見学、監視していたところ、ノゴーシュが刀をもって登場し、ミノタウロスを一刀両断にするという演出を行いました。映像は送りましたので、ご確認いただければ分かると思いますが、私としてはすでに刀に乗っ取られているような感じがします。モーブさんたちも同意見です。処刑開始を早めることを提案いたします』

そんな連絡が、夫に届いていた。

何事も上手くはいかないけど、今回ばかりはかなり後手に回ったわね。

第455掘：剣聖と日ノ本の誇りがため

Side：ユキ

『主様。霧華です。本日は剣の国の公開試合を見学、監視していたところ、ノゴーシュが刀をもって登場し、ミノタウロスを一刀両断にするという演出を行いました。映像は送りましたので、ご確認していただければ分かると思いますが、私としてはすでに刀に乗っ取られているような感じがします。モーブさんたちも同意見です。処刑開始を早めることを提案いたします』

そんな連絡が届いた。

昨日の今日で事態が色々動きすぎ。

とりあえず、早急に確認しなければいけないことが増えたので、タイキ君の所に戻るとしよう。

「私も行くわよ」

セラリアもついてくるようだ。

まあ、酒呑童子の説明はセラリアに任せれば楽になるし、問題ないだろう。

「で、あなた。霧華の話はどう思うの？」

「ものを見てないから何とも言えない。とりあえず、まずはランクスに行って、タイキ君とタイゾウさんと一緒に映像の確認をしてから」

「まあ、それが妥当ね。で、希望としては？」

「そりゃもちろん、霧華の気のせいであって欲しいな。昨日の今日で乗っ取られているとか、なんちゃって神様極まりないわ。意地を見せて欲しいね」

「そうねー。それぐらいの気概があって欲しいわね」

本当にな‼

このままだと、ルナの希望通りに大江山の鬼退治、異世界バージョン開演決定だよ‼

もうさ、あの世から源頼光と源四天王呼び戻せよ‼

まあ、呼び戻したところで勝てる気はしないんですがー。

そもそも、さっきの考察で、真っ向勝負が厳しく、当時いた安倍晴明が源の四天王を使ってきたことから、人であるなら、そういうレベルの術者である可能性もあるわけだ。

そんなチート野郎と真っ向から勝負なんてするかよ。

日本の呪術とかは昔から根暗なのが多いからな。

そんなことを考えているうちに、ランクスに着いたので、タイキ君とタイゾウさん、あとはルースやキーノグを交えて、霧華が持ってきた映像を見ることにする。

結果は俺たちにとって喜ばしいものではなく、俺にも霧華と同じように侵食されているように見えた。

そもそも、公開試合などの場所で、本命の武器を使うことなんてあり得ないのだ。

武器なんてのは基本的に摩耗品であり、宝剣などと言われるのは、この世界では特殊な力、エンチャントなどを伴っているので、その力がばれることもあるし、破損の危険もある。

なので、人前で使うなんてのは、もう正常な判断ができなくなっている気がする。

「あれですかね？　今宵の虎徹は血に飢《う》えているってやつ」

「有名な近藤勇殿の長曽祢《ながそね》虎徹《こてつ》だな。しかし、製作者をたどると石田三成が生きていた時代の拝領地での生まれだ」

「あれ？　そうなんですか？　でも近藤勇って新選組の局長ですよね？　ずいぶん年数が違いませんか？」

「それだけ、虎徹殿の刀は凄かったということだ。と、話はそれたが、近藤殿は討幕派などを威圧するために言ったのであって、あのような馬鹿者とは違う」

「あ、はい」

タイゾウさんのお怒りの言葉でタイキ君はおとなしくなる。

それも仕方ないだろう。

ノゴーシュの映像を見たが、剣の使い方で振っている。

あれじゃー刀身にダメージが行くわなー。

もう、俺のストレスマッハですわ。

なに？　わざとそんな使い方して俺を精神的に追い詰めているなら見事な策士だよ。あんた。

「ただ、力を試したいがために、命を絶つなど武士の風上にもおけぬし、国宝をあのように使うなど断じて許せん‼　即刻、処刑日を早めることを進言するぞ。私は」

いやー、ノゴーシュは武士じゃないしー。って軽口を言えないのが怖いわ。

「まあ、タイゾウさんの言う通り、処刑日を早めるのは問題ないですけど、村の人たちも協力的ですし、思ったよりも準備は早く進んでいますから。でも、早めたからといって、本人たちが来ますかね？」

タイキ君の言う通り、来るかどうかが問題だ。

最初から懸念されていることで、どうしたものかといろいろ話してはいるが、解決には至っていない。

来なかった場合はこちらから、相手のダンジョンに殴りこむ必要があるのだが、それはかなりリスキーだ。

忍び込んで、刀だけ奪う方向にシフトした方がいいかもしれない。

幸い、誰が持っているか確認はできたし、モーブたちや霧華の存在がばれた様子はないので、そういう警備はザルなのだろう。

だから、スティーブたちを送りこんでしまえばいけるんじゃないかと思う。

今までは様子見で、まだ送り込んでいなかったが、いつでもスティーブたちは動けるので、そこは心配ない。

だが、そうなると、ノゴーシュとビッツを逃がしてしまう可能性が出てくるので、それはそれで頭の痛い話だ。

相手のダンジョンなら脱出経路なんていくらでも作れるだろうから、ゲートと併用されたら、追いつけるとは思えん。

というか、こっちがトラップ系でやられかねないから、堂々と動くわけにはいかない。

あくまでも、剣の国で動く場合は、秘密裏にとなるわけだ。

で、そんなタイキ君の懸念が分かっている俺たちは、どうしたものかと考えているわけだが、答えが出るわけもなく、沈黙《ちんもく》が続いていたのだが、それを一緒に来ていたセラリアが破る。

「この際、優先目標を変えた方がいいわ。ノゴーシュとビッツはいったん諦《あきら》めるとして、刀の奪還が最優先。あなたたちの世界で伝説の酒呑童子がこっちの世界で暴れるのはやめて欲しいわ。処刑場に堂々と来ればよし、来ないのであれば、霧華やスティーブたちを使って秘密裏に奪還。これがいいと思うわ」

「それしかないよな」

「ですねー」

「……高望みはいかんか」

二兎追うものは一兎も得ずという奴だ。

タイゾウさん的には、断腸の思いだろうが。

「まあ、絶対ではないけど、誘き寄せる作戦もあるし」

「本当か？」

「あるんですか？」

「セラリア殿、ぜひ教えていただきたい‼」

俺とタイキ君は普通だったが、タイゾウさんは迫る勢いでセラリアに聞いていて、少し引いていたが、すぐに落ち着いて頷く。

「え、ええ。タイゾウ殿の国宝を盗まれたという憤《いきどお》りはよく分かります。国の恥であり、国の誇《ほこ》りでもありますから。その犯人を捕まえて処罰《しょばつ》したいと思うのは至極当然でしょう。そこで、作戦というのは、上泉信綱の名前も添えて、ノゴーシュの方に処刑のことを伝えるのです。昔、父の指導をして、そのあと剣の国でノゴーシュを叩きのめしたという話がありましたから、それがきっかけで刀を欲していたと思います。だから彼の名前を出せば来るでしょう」

「カミイズミノブツナ？」

タイキ君は首を傾げているが、タイゾウさんは知っていたのだろう。

口をパクパクさせて驚いている。

２人とも、レイの処刑時にルナから一応聞いていたはずだが、タイキ君は見ての通り知らないし、タイゾウさんは怒り心頭で聞いてなかったのだろう。

「セ、セラリア殿。今、なんと名前を言いましたか？」

「上泉信綱です」

セラリアは上泉信綱の凄さはすでに知っているので、タイゾウさんの驚きようも納得して、ちゃんともう一度名前を言ってあげている。

だが、タイキ君はそもそも、上泉信綱の名前を知らないので、こっそり俺に聞いてきた。

「上泉信綱って誰ですか？　名前から察するに、酒呑童子とかの関係者ですか？」

「あー、惜しい。戦国時代、新陰流っていう流派を作り、現代の剣術の始祖ともいわれ、竹刀を作り、その弟子は将軍家に仕えて柳生新陰流とも言われた、あの柳生家。現代では敬意をこめて、剣聖と言われる人だ」

「……なにそれ。リアルチート？」

「間違ってないな。上泉信綱の弟子は誰もかれも剣豪として名を馳せているからな。教えるのも上手かったらしいぞ。無論、実力もだ。だって新陰流の奥義は誰も真似できないとか、見たことがない故とか言われているからな。門下の全員がそこまで引き出せなかったと言ってるぐらいだ。ああ、無論、兵法家としても有名だぞ。武田信玄と北条氏の連合相手に大奮戦して、信玄から士官の話もあったぐらいだしな。のちの甲陽軍艦っていう武田家が残した兵法書にも名前が出ているって話だな」

「やっぱ、リアルチートじゃん⁉」

うん。その意見にはまったく同意。

世の中、そういう常識とかの外を歩いているのがいるわけよ。

俺がそんな説明をしていると、タイゾウさんが再起動した。

「そ、そうか‼ 私やタイキ君、ユキ君も違う時代だ。遥か昔の人物が来ていてもおかしくない‼ 本物なのですな‼」

「あ、いえ。本人の顔を見たことはありませんし、それが上泉信綱の顔なのかも分かりませんし、代わりにさっきも言った通り、剣の……ではありませんね。刀の腕前は剣の神を軽く超えているみたいですわ」

そらそうだろうよ。

セラリアの親父に聞いたら、剣術スキルは無限だったそうで。

刀一本でなんでもできる類の化け物だよきっと。

あれだよ、リアルアバン○トラッシュとかできるぐらいに、心技体がそろっていると思うよ。

それとか、こう飛天○剣流とかできそうだよな。

「なるほど。本人かは分からないが、そこまでの侍が日本からきているのですか‼　で、その御仁は今どちらに⁉」

タイゾウさんはすでに本題を忘れて、上泉信綱と会えるかもしれないということで頭が一杯らしい。

まあ、そりゃそうだろう。

俺たちにとって、タイゾウさんが、俺たちが尊敬するべき人の弟子で同じように歓喜したし、タイゾウさんにとって、上泉信綱というのは歴史上の偉人であって話せるかもしれないというのは、非常に貴重であり。刀を持つ者、その道を目指す人にとってはただの有名人などに会うより格別な喜びがあるだろう。

「タイゾウ。あなたの喜びや会ってみたいという気持ちは、同じ剣を持つ者としてよく分かるのだけれど、残念ながら、上泉信綱の足取りはノゴーシュの所から逃げたところで消えているの」

「……そう、ですか」

あ、がっくりした。

「まあ、剣の道を求め続けた人だから、一つ所に留まる人ではないか。しかし、これはいいことを聞いた。この世界のどこかに剣聖がいるかもしれない‼　これは、魔力云々についてもあるが、別の意味で世界をめぐる理由ができました」

「そうね。そういう意味で世界をめぐるのも楽しいわよね」

「人はいろいろなことに手を出すべきですからな。さて、いない上泉殿の名前を使って、ノゴーシュを呼び出すのですな？」

興奮したけど覚えていたよ。

だがー、ビッツもいることだし、出てくるのか俺には疑問が残るんだけどな……。

「その通りです。過去の因縁というか、再挑戦をしてくるでしょう」

「その可能性は非常に高いですな。来なければ、致命的だ。ノゴーシュは逃げたと言われ、今後の求心力は落ちるでしょう。ついているビッツが来るかは分かりませんが、確実にノゴーシュの力は削げるでしょう」

まあ、その考えはおおむね正しいと思う。

正直な話、ビッツが守勢で構えていると追いかけようがないのだ。

ダンジョン構築能力ですぐ逃げ道を作られて逃げるからだ。

ここはタイゾウさんの言う通り、協力者であるノゴーシュの力を削ぐ方がいい。

「しかし、この作戦には問題があるわ。誰が上泉信綱の代わりを務めるのか……。確かにノゴーシュたちは早急に潰す必要はあるけど、不意打ちやだまし討ちで倒すと、ウィードや連合に対して不信感を持つ国も出てくる。特にランクスの方は剣の国からの使者としてきたノゴーシュを斬るということは、かなり外聞が悪い。だから、表向きは決闘という形で取り押さえなければならないわ」

そう、ノゴーシュやビッツの所業は今のところ表向きは誰も知らないし何もないのだ。

いや、ビッツはランクスでの悪行があるし処罰は簡単か。

だが、ノゴーシュは問題で、こっそり仕留めるならともかく、今回のように呼び出して、不意打ちで倒すのは大問題だ。

さすがに、剣の神と真向勝負というか、童子切を持っている奴と勝負はしたくないなーってのがある。

だが、そんなことは関係ないのが一人いた。

「ならば、私が上泉信綱殿の代わりを務めましょう」

「え？　タ、タイゾウさん⁉」

その答えで驚いたのは、奥さんのヒフィーのみ。

他の人は全然驚いていない。

だってなぁ……。

「いや、私が出なくてどうするというのです。主家の宝刀を取り戻すための戦いに出られるのは、この中で私のみ。刀を持てば勝てるなどと愚考と愚行を重ねた馬鹿者に剣聖や新陰流には及ばずとも、日ノ本の示現流、薩摩隼人を見せてやります」

そう。

これは、刀を持つ者には避け得ない戦いだ。

それが武士道というものである。

いや、よく知らんけど。

というかさ、主家の宝刀って言っちゃったよね？

国宝より島津一文字ですかー。いや、うん、まあやる気を出してるからいいけどさ。

第456掘：これは好機とみる人々

Ｓｉｄｅ：ビッツ

私はあまりの内容に言葉も出ませんでした。

だってそうでしょう？

まさか、世界の女神となる私の祝福を受けた、真の勇者たるレイがあのタイキに捕縛されるなど誰が考えるでしょうか。

しかも、まだ5日とそこらです。

敵地の鎮圧で忙しく、こちらへの連絡が遅れているのかと思えば、まさかあの軍勢が全滅して、レイが捕縛され処刑されるというのです。

なぜそのようなことを知っているのかと言えば、わざわざ、早馬で剣の国へ連絡が来たのです。

『貴国で匿ってもらったというレイの証言から、そちらにビッツがいることが示唆された。ビッツは我が国に多大な被害を与えた罪人であり、早急な引き渡しを求めたる。引き渡しは、貴国との国境にあるレイの処刑予定地の村で行う。なお、ビッツの素性を知らないということも考慮して、素直に引き渡せば今回のことは追及や賠償《ばいしょう》を要求しない。なお、処刑執行はカミイズミの弟子が行うものであり、怖いのであれば連絡されたし、考慮する』

そういう内容が、ノゴーシュ様のもとへ届けられたのです。

これは、私が売られる可能性がある？

あからさまに罠です。

正直、すぐに身をひるがえして逃げたかったのですが、ノゴーシュ様に背中を見せればすぐに切り捨てられるでしょう。

馬鹿でも分かります。

それほど、剣の神は強いのです。

だから、ここは何とか知らぬ存ぜぬで通してもらい、レイを見捨てる方向にもっていくしかないですわ。

きっと彼は真の勇者ではなかった。

それだけです。

私以外の女にも手を出していましたし、よく考えると世界の女神たる私にはふさわしくありません。

これはきっと、本物の真なる勇者を見つけ出せという天命なのでしょう。

私がそう方針を考えて、説得しようと思ったときに、沈黙していたノゴーシュ様が声を出しました。

「これは、思わぬチャンスではないか‼」

「はい？」

意外な言葉に私は意味が分かりませんでした。

「分からぬか？　奴らは、あの程度の敵を倒せて優位に立ったと思っている。確かに私とビッツ姫だけならば危険だろうが、国境の近くの村というのがあだになったな。魔物を適当に放って乱戦にしてやればいい。そして、私は憎いノブッナの弟子を切り捨て、本人も斬り捨てる。その過程でレイも助け出せばよいし、タイキという奴も倒せばいい」

そうですわ。

確かに、ノゴーシュ様の言う通り。

今の私たちは以前とは比較にならない強さを手に入れているのです。

「ビッツ姫もその刀が騒いでいるのだろう？　そういう意味でも都合がいい。自分の技量を試す時だ」

「……なるほど。私自ら、タイキを斬れということですわね。このヒメヅルイチモンジで‼」

「うむ。私が多少手ほどきしたが、おそらく今のビッツ姫は剣の国有数の使い手だ。その刀が剣才を上げているのだろう」

そういうことですか。

確かに、ドウジギリにあのような魅了を持っていたのですから、私の刀にもそういう力があってもおかしくありませんわね。

正直、ノゴーシュ様からは手ほどきだけという感じで、そこまで強くなった気はしないのですが、すでにそれほどの域に達しているとは思いませんでしたわ。

これなら、もう勇者は必要ないのかしら？

私自ら、世界を導く戦女神であり万能の女神を目指すということも視野に入れてよさそうですわね。

「なにより。大義は我らにある」

「その通りですわ。ノゴーシュ様‼　大義は私たちにありますわ‼」

私がそう叫んだ時、何かが……。

『……大義。我に義あり』

そう呟《つぶや》いた気がした。

しかし、そこの短い呟きにもの凄い力強さを感じて、思わず体が固まる。

「さて、細かい作戦を立てるとしようではないか。ランクスの奴らは、私たちを誘き出し、ビッツ姫をとらえ、私を決闘で下す気でいる。その油断をついて……。大丈夫か、ビッツ姫」

「あ、いえ。大丈夫です。ちょっと、疲れが」

「そうか。……無理な訓練が祟ったのかもしれんな。ビッツ姫が思ったよりもよい動きをするので、私も少々大人げなかったな」

「いえ。処刑日までは時間がありますし、まずは作戦をしっかりと立てましょう。そのあとでゆっくり休んで、当日を迎えればよいのです」

「分かった。ならば、話し合いを続けよう。だが、無理するな。お互い、国の主なのだからな」

「ええ。お気遣い感謝いたしますわ」

それからは、特に問題もなく、にっくきタイキやランクスを叩きのめす作戦を立て、時が過ぎてゆく。

ああ、レイは、まあ助けてあげましょう。

あんまり使えないけど、それでも私に付き従ってくれたのですから。

「そうですわ。私たちが出かけるのですから、そこを狙ってDP回収のために、冒険者ギルドを襲わせてはどうでしょうか？」

「それはいいな。私たちが強いとはいえ、DPが多いに越したことはない。私たちが留守の間に、冒険者たちに追い立てられたあの魔物がギルドを強襲、攫ってダンジョンで始末することが堂々とできるな」

「ノゴーシュ様がいては、あの魔物を建前上追いかけなくてはいけませんからね」

「さすがに逃がすというのはできないからな。そういう意味でも好都合だ」

こうして私たちの作戦は、さらに完全なものに近づいていくのでした。

『……京の大鬼。この毘沙門天《びしゃもんてん》の化身が、源頼光に成り代わり、滅してくれる』

Side：ユキ

世の中、予定通りに物事が進むことは稀である。

それはよく聞く。

しかし、予定通りに進みすぎるのも逆に困るというのが分かった。

なにせ……。

「えーっと、なんだって？」

『だから、今、出立したんだよ。堂々と、ノゴーシュとビッツが』

そんなアホな報告がモーブからこちらに届いていた。

「霧華」

『……私も確かに確認しました。ぜひ、頭の中身を覗《うかが》いたい気持ちでいっぱいですが』

間違いであって欲しかった。

なぜか、ノゴーシュとビッツ姫が普通にレイの処刑場に向けてきているとの報告が上がったのだ。

霧華の言う通り、お前らの頭の中はどうなっているんだよ。

お花畑で一杯なのか？　なあ？

「おそらくあれでしょう？　勝てると思っているんじゃないかしら？」

「どういうことだよ？」

俺と一緒に報告を聞いていたセラリアはそんなことを言い出した。

「ほら、国境近くの村でしょう？　しかも、決闘が前提。ビッツを引き渡せとこちらが言っても、あっちはランクスが悪かったといえば、ビッツの引き渡しを無理に要求もできない。レイのことは最悪斬り捨てでかまわないし、妄言を吐いているといえば今回の件を否定できる。処刑場に来たのはそういう弁明をして世間を納得させるとともに、ビッツの引き渡しを堂々と断るため。決闘で勝てもしないのに、ビッツを奪おうとすれば外聞が悪いわ」

「そういう考え方もできるのか」

確かに、そういう理屈で来れば無理強いはできない。

無理に動けばランクスの立場も確かに悪くなる。

「でも、それは捕まれば終わりじゃね？」

「そうね。捕縛されればそれまでよね。そもそも村全体が全員ランクスの兵士なんだから、噂を広げる人間が存在しないわね。元からノゴーシュやビッツに迷惑こうむっていたのだから。でも、そこをどうにかできれば一気に逆転できるとも考えるわよね？」

「そりゃな。一応、ランクスの王様であるタイキ君とかいるしな」

理解はできるが、それはばくちだ。

そういうのをやるのは物語の中だけで結構である。

俺がそんなことを考えていると、タイキ君も何かを思いついたのか、口を開く。

「ああ、なるほど。決闘に集中している間に。ビッツの方が何か動くってことですかね？」

「そうね。国境を利用して、適当に魔物でもこちらに放ってくるかもしれないわね」

「いや、それも織り込み済みだろ？　外周はジョンたちが囲むから内からも外からも身動きができないぞ？　無論、ワイバーンとか空飛び系もだ」

銃器の前では、その程度の飛翔生物は的でしかない。

そんなことを言って、セラリアを見ると、半目でこちらを睨《にら》んできた。

「普通はそこまでしないのよ。というかできないの。あなたの頭の中がおかしいということをよく理解しなさい」

ひどい⁉

セラリアが俺のことおかしいって言ってきた。

助けを求めるように護衛《ごえい》のサマンサとクリーナに目をやるが、セラリアに同調するように頷いているので、味方はいない。

「正直な話、ここまで考えて堂々と来ているなら、ビッツは思ったよりも侮れないわね。昔は頭を働かせる方向が間違っていたけれど、戦わなければいけない状況に置かれて、良くも悪くも才能が発揮されてきたわね。ダンジョンを利用した奇襲戦を思いつきつつあるわ。早急にビッツは捕らえる必要があるわね」

それは同意。

面倒になる前に終わらせたい。

「まあ、いろいろな意味で意外ではあったが、こっちとしては好機だろう」

そういうのはタイゾウさんだ。

「これで、一網打尽にできる。剣の国にいる霧華殿やスティーブ君たちが城とダンジョンを捜索するのにこれ以上に都合のいい状況はない。相手の後方をふさいで、こっちもノゴーシュとビッツを捕らえる。そうすれば終わりだ」

タイゾウさんの言う通り、意外ではあったが、好都合なことには変わりがない。

文字通り一網打尽にするいいチャンスだ。

「そして、公衆の面前で、馬鹿を叩きのめし、己の未熟をしらしめる」

刀を握りしめながらタイゾウさんはそう呟く。

ああ、そっちが本命ですよねー。タイゾウさんにとっては。

すでに負けるという話は上がっていない。

タイゾウさんの今までにない怒りからくる迫力に意見を言えないのだ。

正直な話、負けるとも思ってはいないのだが。

「ま、まあ、そこはいいとして、相手の狙いがある程度分かってきましたし、そこらへんを考慮して、処刑日の周りの警備配置の見直しをしましょう。確実に終わらせるために」

「そうだな。彼奴等を完膚なきまでに叩きのめすのだ」

タイゾウさんのヤル気は変わらず、そのままタイキ君と警備の話をしている。

「……ねえ。私としては、今回一番の失敗は、タイゾウを怒らせたことだと思うのだけれど?」

「……俺もそう思う」

「あの人。本当に研究者?って言いたくなるほどの剣の腕前なのよね。二の太刀いらずの示現流……。あれおかしいわよ。全然受けられる気がしないのよ」

セラリアの言う通り、タイゾウさんの腕前はかなり高い。

スキル的には5を超えて7と出ている。

5で上限じゃないのかとルナに聞いたら「変人の集まりの地球と一緒にするんじゃないわよ」と言われた。

何たることか、地球は変人の集まりだった⁉

というのは冗談で、その道を求める求道者がこちらの世界とは段違いで多いそうだ。

レベルやスキルという概念がなく、ただあるのは、鍛錬のみ。

頂を知らぬがゆえに、ただひたすら極め続けるのが原因ではないかとルナが言っていた。

まあ、分からなくもない。

レベル、スキルが目に見えているからこそ、分かりやすい指針になるのであって、それがないのなら、自分が納得いくまでやるしかない。

たとえば、雲を斬るとか、水を切るとか、滝を割るとか、そういうことを刀でやろうとするのは日本人特有らしい。

まあ、雷切りって刀もあるくらいだしな。

いや、雷切りは実際は別の意味だっけ？

そんなことがあって、スキルに換算すると地球人は枠外になることが多々あるのだそうだ。

と言っても、剣術スキル無限という上泉信綱がいるので7なんて数字はまだマシである。

そういう感じで、バトルジャンキーのセラリアもタイゾウさんと手合わせしたが、いまだ純粋な剣術で勝ったことはない。

魔術や、ナールジアさんの武具を使えば勝てるが、それはセラリアにとっては負けと同じなので、絶対実力で勝つと決めているらしい。

わざわざ、タイゾウさんの魔術、スキル無効化フィールドの中でやるぐらいだから、その決意がどれほど固いか分かるだろう。

「ま、タイゾウさんの心配はいいとして、こっちも霧華やスティーブ、モーブたちと打ち合わせしないとな」

「そっちは任せたわ」

「はいよ」

この場はセラリアに任せて、俺はノゴーシュたちの去った城とダンジョンの掌握《しょうあく》作戦を立てるべく、戻るのであった。

第457掘：裏方の裏方の裏方の仕事

Ｓｉｄｅ：モーブ

俺たちは相変わらず、宿でのんびり夜空の月を見て待機していた。

「なあ、俺たちはなんでこんなことをしているんだろうな……」

今日も酒を飲むことなく、作戦が完了するまで待機とか辛すぎる。

「はぁー、城では今頃大捜索なんだろうな……」

「我慢しろ。俺たちが動くわけにはいかないからな」

「そうですよ。こっちはこっちで冒険者ギルドと連携して、消息不明ポイントの捜索があるのですから、そっちで頑張りましょう」

「まあなー……」

ライヤの言ってることは分かる。

俺たち冒険者が動いているのが万が一ばれれば、下手すると冒険者全体の問題になりかねない。

それなら、もとから背景が不明な霧華や、魔物の侵入で処理されるスティーブを使う方が効率がいい。

そして、カースの言う通り、行方不明者の捜索もあるので、俺たちが冒険者ギルドと協力して動かなければいけないので、こっちの騒動に手を貸すのは問題がある。

別件の可能性もあるので、冒険者行方不明の捜索は絶対にやってくれとユキからも言われているからだ。

そこで一番の適任が俺たちなので動くわけにはいかないのだ。

「しっかし、俺たちも運がないな。ノーブルの時も、結局、ロゼッタたちの相手をしていただけだったからな」

あの時はひどかった。

ユキがどうせとんでもないことをすると思ったから、ロゼッタたちを嫌な予感がすると言って無理やり王都から引き離して、訓練していたが何もなく、ロゼッタに笑われたもんだ。

『あははは‼ モーブも勘が鈍ったか？　まあ、訓練ができたからいいけどな』

そんな感じでひどい恥をかいたもんだ。

「いいじゃないか、大したことがなかったんだからな」

「そうですねー。私たちが戦力とか、最前線など、それはそれで遠慮したいですからね」

「でもよー。亜人の村の時から俺たちずーっと裏方の裏方の裏方だから……」

ドーン‼

俺がそう文句を続けようとすると、窓から轟音が聞こえて来た。

咄嗟《とっさ》に、俺たちは身構える。

「なんだ、近くじゃないな」

「ああ、遠くの音だな」

「城の方でしょうか？」

一瞬、霧華やスティーブがばれたのかと思ったが、どうやら違うらしく、城とは違う方向から土煙《つちけむり》が上がっているのが確認できた。

月が出ている日でよかったぜ。

「あの方角は、冒険者ギルドの方だな」

「ですね。ケンカでもありましたか？」

「さすがに、こんな時間にないだろう？」

すでに飲み屋ですら看板を下げている時間だ。

起きている者などほとんどいない。

「……どうする？」

「とりあえず、俺たちのことがばれたという様子ではなさそうだな」

「うーん。ここまでの騒ぎですから、よほどの肝の太い人以外は起きているでしょうし、行ってみましょうか。霧華やスティーブたちへ状況が変わったと伝えないといけないかもしれませんし」

話はまとまったので、ユキに連絡を取る。

『分かった。状況の把握に努めてくれ。無理はしなくていいからな』

「分かってるって」

簡単に説明したあと、許可も出たので、すぐに冒険者ギルドへ向かったのだが……。

「……変だな」

「ああ、誰一人いない」

「この騒ぎで誰も起きていない？」

なぜか、通りには誰一人出ていなかった。

それどころか、いつもの夜の風景といった感じだ。

嫌な予感はしつつも、ギルドへ向かってさらに走り続ける。

そして、辿り着いたギルドでは……。

「くそっ！　なんなんだよ‼　このオーガは‼」

「みんなを返せよ‼　なんで誰も来ないんだよ‼」

そう言って半壊したギルドの建物を背に戦っている2人の冒険者と、大きな袋を担いだ黒いオーガが戦っていた。

その大きな袋からは人の手がはみ出てぶらぶらしている様子から、あの中に人が詰められているのか？

なんでそんなことをしているんだ？

と、いかん。そんなことより今は……。

「……ふっ‼」

まずは不意打ちで、あの大袋を持つ腕を斬り落とす‼

ザンッ‼

「グガッ⁉」

黒いオーガと一瞬交差して切り落としたのだが、それだけでこちらの存在を正確に把握して、すぐにこちらに棍棒を振り上げていた。

ちっ、まだ足の勢いが殺せていない。

この速度に追いつくとか、並みの魔物じゃねーな。

「ライヤ‼」

「分かっている‼」

すぐに後を追うようにライヤが槍《やり》を突き出して、棍棒を弾く。

って弾くだけか。

ライヤの武器狙いで武器を取り落とさないってユキたちぐらいだぞ⁉

思ったより厄介な相手じゃねーか。

まあ、大本命の大袋はすでにカースが落下する前に、魔術で確保して後方に下がっている。

「あ、あんたたちは‼」

「モーブさん‼」

どうやら、冒険者ギルドにいた連中みたいで俺の顔を知っているみたいだ。

「よお。なんだか派手なことになってるじゃねーか」

「そ、そうなんですよ。いきなりこのオーガが‼」

「はい‼　なぜかみんな起きなくて、俺たちだけが起きてて……」

「話は後だ。まずはこの黒いオーガを仕留める」

ライヤはそう言って、すぐに黒いオーガに攻撃を始める。

だが、そのことごとくを棍棒で弾き、守る。

おいおい、ライヤの槍をあそこまで受けきるとか、本当にすげーな。

しかし、片腕をすでに切り落としているせいか、防戦一方だ。

「よ、よし‼　俺たちも‼」

「あ、ああ‼　モーブさんたちだけに無理はさせねえ‼」

あ、やべ。

２人の冒険者は俺たちの応援を受けて自分たちも援護をしようと動きだすが、ちょっとレベルが違いすぎる。

下手したら死ぬ。

せっかく助かった命だ、無理をして捨てることはない。

「お前らは下がってカースと一緒に袋に詰められた人の介抱《かいほう》を頼む‼　こいつは俺たちがやる‼」

「わ、分かりました‼」

「頼みます‼」

俺がそう言った瞬間、ライヤの槍が大きく弾かれ、俺の横に飛び退いてくる。

「ちっ」

「やっぱり、あいつらを狙っていたか」

「グルルル……」

恨めしそうにこっちを見てくる黒いオーガ。

オーガ系の厄介なところはその巨体からくる力と、生命力もなんだが、合わせて驚異的な再生能力がある。

ライヤがつけた傷が目に見えて分かる速度でふさがっていく。

まあ、限界はあるから、通常のオーガであれば、何度も切り付ければ出血や再生が追い付かなくなってくるので、そこまで難しい相手ではない。

が、その再生能力を補うのが、食事だ。

食事をとれば、再生能力が補われる。専門家が言うには再生能力は魔術で行使しているので魔力を取り込む方法ではないかと言われている。

だから、あの冒険者2人を狙っていたわけだ。食えば俺たちをなんとかできるってな。

というわけで、冒険者ギルドの中ではその厄介さから相応の腕がないと討伐クエストは受けられないがな。

俺たちぐらいになれば、弱点の頭をぶっ壊して、一撃で終わる。

が、この黒いオーガはそうもいかないらしい。

「何回狙った？」

「10回だな。確実に躱《かわ》して、守ってきた」

ライヤは槍を構え直しつつ、そう答える。

俺も大剣を握りしめ、剣先に黒いオーガを捉える。

「やれそうか？」

「ああ、問題ない。急所が狙えないだけで、懐かしの削りに持ち込めばいいだけだ」

「グルッ……」

俺たちのやり取りを、聞いているだけで手出しをしてこないところから見ると、自分の立場がよく分かっているらしい。

進むも引くもできないってな。

だが、覚悟を決めたのか、黒いオーガの瞳《ひとみ》に力が籠るのが分かった。

「グオォォォ……‼」

雄叫び。

勝てぬとも、前に進むと決めた声。

己を奮い立たせる勇気。

こういうことは、場数を踏んだ奴しかできない。

この瞬間だけは、お互いに通じ合うものがある。

さあ、戦士の戦いだ。

「おおっ‼」

「はっ‼」

「グルァ‼」

ユキのおかげで、俺たちの実力は上がっていて負ける道理はない。

しかし、一撃で倒せないから、削りになる。

黒いオーガは時間とともに増える傷を抱えつつも、一切ひるむことなく、俺たちを攻めたてた。

だが、限界は訪れ、ついに動けなくなる。

「……グ……グル……」

膝をついて、腕を振り上げることすらできなくなった黒いオーガだが、全身を血まみれにして死期が近づいてなお、こちらを見つめ闘志を衰えさせてはいなかった。

「お前は強かったよ」

俺は言葉は通じるとは思えないが、その在り方に敬意を表してそう言う。

それが聞こえたのかどうか知らないが、黒いオーガは力が抜けたのか、棍棒を手放し、そのまま動かなくなった。

「……おそらくこいつが、冒険者の行方不明者を作った原因なんだろうな」

「だろうな。ここまで強いと冒険者ギルドのメンバーでは手に余る。俺たちですら削り戦法をするしかなかったからな」

正直な話、ユキの配下レベルだ。

これは、冒険者というか、普通なら軍隊でやっとというレベルだな。

「となると、こいつはビッツの配下ってところが濃厚か？」

「……そのようだな。姿が消え始めている」

「はぁ？」

ライヤのセリフに首を傾げつつ、黒いオーガの亡骸《なきがら》を見ていると確かに、うっすらとしてきて、最後に魔石と棍棒だけが残る。

「どういうことだ？」

「ここは、ビッツの支配下だろう。奴のダンジョン内での死亡なら配下の魔物はああなる」

「ああ、そうか。ドロップアイテムか」

ライヤの説明に納得しつつ、魔石と棍棒を回収する。

そしてふいに思いつく。

「なあ。スティーブとかもダンジョンで倒せばドロップするのか？」

「……たぶんな」

「あいつは何落とすんだろうな」

「さあな」

あの強さで通常のゴブリンの魔石とかだったら詐欺《さぎ》だな。

俺がそんなくだらないことを考えていると、後方に下がったカースが戻ってきた。

「終わったようですね」

「おう」

「捕まっていた人たちはどうだ？」

「無理に袋に詰め込まれたのか、多少捻挫とかしている人がいましたが、おおむね平気ですね。さすが冒険者たちと言うべきですか。あれだけ詰め込まれたら下にいる人は一般人なら圧迫死してますよ」

「そりゃよかった」

「ますます、ビッツの配下だというのが濃厚だな。一般人でなく冒険者だけを狙う。ＤＰの多い奴を狙ったということだろうな」

「でしょうね。私も後方に下がっている間に、ユキに連絡を取って、黒いオーガのことを調べたのですが、どうやらシャドウオーガとかいう亜種のオーガで、霧華みたいなデュラハン・アサシンのように隠密《おんみつ》が得意なタイプで、広範囲に催眠効果があるスキルを保持しているようです」

「それで、周りが寝静まったままだったのか」

「本来であれば、スキルの効果はそこまで高くないはずなのですが……」

「レベル上げでもしていたんだろうな。そういう強さだった」

「ええ。二人で奮戦していた冒険者は運よくスキルが効かなかったと思うべきですね。それでも、私たちがこなければ、オーガの胃に収まっていたでしょうが」

「証拠隠滅も完璧《かんぺき》と。こりゃ、こいつが犯人だろうな……」

「だろうな。まあ、あとはユキへ報告して、俺たちはこの場で第二の襲撃がないか待機だな」

久々にいい運動はしたが、深夜の戦闘は勘弁《かんべん》だ。

あとあとの行動に差し支える。

もう、俺は若くないんだぞ……。

第458掘：奇妙なダンジョン

Side：スティーブ

ちっ。

ジョンやミノちゃんが大変そうで、おいら楽で最高ーか思ってたけどそうでもなかったっす。

まさか、3度も敵の本丸と思しき場所に放り込まれるとは……。

「スティーブさん。それは主からの信頼がそれだけ厚いということですよ」

霧華からそう言われる。

「だといいっすけどねー」

どうせ、本音は表立っておいらを出すと舐められる可能性が高いから、おいらが裏側ってことなんでしょうがー。

大将はそこんところもよく考えますからねー。

おいらが舐められることで遅延するとか、協力が得られないとかは面倒っすから。

友好国といっても、末端まで納得しているわけでもないし、強面のジョンやミノちゃんに任せるのが適任っすよねー。

そして、おいらはスニーキング中と。

小柄でゴブリンな自分が悔しい‼　ビクンビクン‼

はぁ、今回は霧華がいる分、楽っすかね？

「しっかし、何を考えているんすかね。剣神もビッツも……」

「さあ、正直、あの2人の思考は分かりません」

「まあ、おかげでのんびりと城に侵入できるわけっすけど」

本日の朝、堂々と処刑場に旅立った馬鹿二人のおかげで、一気に捜索のGOサインが出た。

目的は、城とダンジョンの把握っす。

掌握すると、城の主であるノゴーシュやダンジョンマスターであるビッツに察知され、戻ってくる可能性があるので、処刑当日に一気に畳みかける準備ということっす。

「当日、大将たちが後ろを心配することなく動けるように頑張りますかねー。あっちはあっちで大変っすからねー」

大江山の大鬼がよみがえるかもしれないとか、面倒極まりないっす。

最悪、酒呑童子と真っ向勝負とか、遠慮するっす。

おいらたちゴブリンは分類的に小鬼族とも言えるっすからね。

大将の配慮で、酒呑童子と対峙するときはゴブリン部隊は撤退しているっす。

だって、酒呑童子の部下にされる可能性があるから。

下手すると身内で潰しあいになるっす。そんなのは勘弁っすから。

「まったく、主様の邪魔ばかりして……。命さえ下れば、私が首をとるのに……」

横の霧華はなんか大将のことを言い始めると、目の焦点が合わなくなるし、こわいっすよー。

なんでおいらの同僚はこんなのばっかなんっすかねー。

「しかし、城内に侵入して分かったっすけど……」

「確実にダンジョンが設置されていますね」

霧華も分かったようっす。

明らかに、ダンジョン特有の魔力の流れが感じられるっす。

……隠ぺいも適当っすねー。

おいらたちが侵入してくることを想定してないっすかね？

トラップ重視なんすかね？　まあ、奥に行ってみれば分かるっすか。

「じゃ、予定通り、霧華は上を頼むっすよ」

「了解です。どうかご武運を」

そう言って、霧華はすぐに上階に向けて動き出す。

おいらもさっさと一階と地下の探索するっすかね。

今回は、手分けして調べて、ダンジョンかゲートを発見次第合流ということになっているっす。

もちろん、魔力遮断、透過迷彩装置を使っているので、目視、魔力探知はできないっす。

これを破れるのは、お犬様ぐらいっすかね。

アスリン姫が抱えている犬系の魔物なら見つけられるっす。

現在は匂いも消す研究をザーギスが頑張っているっす。

あ、ちなみに臭いではなく、匂いっす。

デュラハン・アサシンの女性陣からブーイングが上がったからっす。

まあ、おいらたちも風呂にちゃんと入っているし、フローラルの香りっすよ。きっと。

分かることは、野生のゴブリンとは比べ物にならないぐらい清潔ってことっす。

と言っても長期現地任務だと濡れタオルで体を拭くのがやっとっすけどねー。

そんなことを考えつつ、捜索をしていると、地下通路の一室に目がとまる。

「……やたらと豪華っすね」

あからさまに、地下の倉庫の扉とは違う、丁寧な作りの扉が目の前にあるっす。

しかも、前後の部屋の大きさと比べると、ここにはせいぜい3畳ぐらいの小部屋というか物置部屋ぐらいの大きさしかない。

あやしい、というか当たりっすね。

魔力の流れもどんどんこの扉から漏《も》れてるっすから。

しかし、ここまで堂々とあるとかえって怪しいっすね。

トラップっすかね?

とりあえず、ここの捜索は後回しで他の捜索をしっかりするっす。

開けるにしても、霧華と連携してがいいっすね。

まずは、当初の予定の一つである、城内マップの作成をするっす。

ここに攻め込む事態になれば、このマップがあるのとないのでは大いに違うっすからね。

大将の大好きな情報を固めて完封するための布石ってやつっす。

「で、それがここですか。他に怪しい場所は？」

「ないっすね。霧華の方は上になかったっすか？」

「いえ。全部の部屋の確認をしましたが、ノノア殿が言っていた連絡用の魔道具があったぐらいですね。恐ろしく効率が悪い奴ですが」

「ああ、あれあったんすね」

「はい。ノノア殿が使っていたものと同じだったので分かりやすかったです。しかし、あんなものを誰が作ったのでしょうか？　ザーギスはまだそちらの方の開発はしていないはずですし

……」

「もともとおいらたちは、コールによる魔力通信、電波による通信と連絡手段に事欠いていないっすからね。しかも、専門のタイゾウさんもいるっすから。で、その効率の悪い魔力通信っすけど、おそらくこの大陸の昔の発明家か何かが作ったんじゃないかって話が挙がっているっすね」

「昔の？」

「そうっす。遠くと連絡する道具が欲しいとDPで取り寄せると、本人の知識からのラインナップになるのは知っているると思うっす。だから、ビッツは魔力で連絡が取れる道具として、最初から知っていたそれを取ったんじゃないかって話が出ているっす」

「最初から……？　そういう文献があったということでしょうか？」

「多分っすけどねー」

どこの世界も、結局のところ発想は似たり寄ったりと大将が言っていたっすね。

まあ、確かにすぐに連絡ができればと思うのは当然っすな。

「で、そこはいいとして、霧華から見た感じはどう思うっすか？」

「特に私もトラップがあるようには見えませんね」

おしゃべりをしながらもお互いに、目の前の不自然な豪華な扉を調べているあたり、大将の教育のたまものなんだろうなーと思うっす。

「しかし、この通路には人がいませんね」

「そうなんすよねー。たぶんここがビッツのダンジョンの入り口だとして、防犯のためにノゴーシュが近寄らないようにと言っているかもしれないっすね」

「あとは、扉の向こうに門番がという可能性もありますね」

「じゃ、そういう可能性も考慮して開けてみるっすかね」

「了解です」

おいらが開ける役、霧華が何か来た場合の迎撃《げいげき》役ですぐに配置につく。

「3、2、1……」

ギィッ‼

一気に扉を開け、霧華も一層真剣な顔つきになるが、特に何も起こることなく、霧華が口を開く。

「……階段がありますね」

「奥が本番ってことっすか」

霧華が構えを解いたので、おいらも扉の中を覗き込んでみると、確かにさらに地下への階段が暗闇ではなく、ダンジョン特有の光に照らされて続いていた。

「とりあえず、主様に報告をしてと……、捜索を続行しましょう」

「了解っす」

霧華が大将に報告をして、それからこの階段を下りていく。

特に深いわけでもなく、3階分ぐらい下りた時点で奥に続く広い通路に出たっす。

両脇に鎧騎士《よろい》の置物っつーか、ゴーレムが置いてあるっす。

「これが防衛システムのようですね」

「まあ、ここまでいれば人は侵入できないっすね」

鑑定した結果、レベルは50台のナイトゴーレムで、ナイトの鎧をゴーレム化したタイプ。

レベル的にこの大陸ではかなり強い部類だから、これがズラーっとあって一斉に襲われたら、この通路だとほぼ勝ち目がないっすね。

この大陸の通常戦力では、と前置きがつくっすけど。

「この程度なら、私一人でどうにでもできますね」

「そうっすね。おいらの部隊にとってもいい射撃訓練の的っすね」

この鎧ゴーレムは固いし、それなりに強いっすけど、弱点として隠密性がほぼなく動くと鎧のせいでうるさいっす。

さらに、指も鎧でしっかり覆《おお》っているタイプなので、人並みの細かい作業ができない。

なので、大将は不採用。

いや、ナールジアさんがゴーレム化前提の鎧を作ったとか聞いたっすけど、まあどうせ大将のダンジョンにでもおいているでしょうね……。

クリアほぼ不可能じゃね？　と思うのはいつものこと。

囮《おとり》としては十分に機能しているしＯＫっす。

いらんことを言って、大将のダンジョントライアルとか死ぬだけっすから。

「しかし長い通路っすね」

「はい。すでに王都を出ている距離ですね……。待ってください。あそこ、部屋があります」

「ん？　ああ、あるっすね」

通路は続いているっすけど、ポツリと鎧騎士が並ぶ壁に扉がある。

「とりあえず、これも扉に異常はないですね」

「まあ、防犯防衛システムがこいつらっすからね。鍵《かぎ》もなしっすか？」

「ありませんね。頼みます」

「了解っす」

再び、霧華と連携して扉を開けるが、特にトラップもなく中に入ると……。

「ゲートですね」

「ゲートっすね」

目的のものは確かに存在した。

ゲートが確かに発見できたっすけど。

「なんで、まだ通路が続いているのでしょうか？」

「さあ、奥にコアでも置いているんじゃないっすか？」

防犯のためにコアを奥に置いてるって適当に言ったっすけど、それは結構あり得ないっすね。

なにかあった時のためにゲートから増援を回しても、これじゃコアがとられる方が先になるっす。

何を考えているのか分からないっすね。

「……うかつにゲートを通るわけにもいきませんし。奥に進みますか」

「そうっすね。そういえば扉に△のマークがあったっすね。あれがゲートの部屋の印っすかね？」

「今のままでは判断しかねますね」

そんな話をしつつ、ゲート部屋を後にして、さらに奥へと進む。

あまりにも代わり映えしないので、途中から走ったっす。

無論、トラップには気をつけて走ったっすよ？

そして、20分ほど走ったあと、行き止まりになって扉が壁にぽつんと存在していた。

扉には先ほどと同じように△のマークが存在していたっす。

とりあえず、サクッと開けて中身を確認すると、確かにゲートがあったっす。

「なんで、同じダンジョンで不自然な位置にゲートを置いているのでしょうか？　ゲートはまとめて設置した方が効率はいいはずですが……」

「さあ？　防犯のためっていうにも不自然っすからね……。ビッツに何か別の考えでもあったんじゃないっすか？　とりあえずここで行き止まりっすから、周りを調べる……までもないっすね」

分かりやすいことに、反対側にまた扉が存在していたっす。

どうやらこのゲートの部屋は出入り口が二つあるらしい。

サクッと霧華と協力して扉を開けるが、鎧ゴーレムの防犯以外は何もなくあっさりと開く。

そしてその扉をくぐった先には……。

「城ですね」

「城っすね」

なぜか地下を大きく掘り広げ、５階建てぐらいのこぢんまりとした城が存在していたっす。

「なんのための城でしょうか？」

「さあ……って、ああ、そういうことっすか‼」

そこでようやくおいらは気が付いたっす。

「何か分かりましたか？」

「えーと、まだ予想でしかないっすけど、ほら、ビッツはノノアの所にダンジョンを作っていかもしれないってあったじゃないっすか？」

「ええ。作っていませんでしたね」

「その理由の一つに、ダンジョンを自由に作れないかもしれないってあったじゃないっすか？」

「ああ、そういうことですか。つまり、彼女はダンジョンをこの拠点から広げて、ゲートを距離短縮に設置しているということですか」

おいらたちみたいに、ダンジョンが自由に設置できないから、こういう手段を取っているってことっす。

「ということは、ここが本拠点ということでしょうか？」

「おそらくは……」

さーて、おいらたちは支部拠点ではなく、本拠点かもしれない場所を見つけてしまったわけっすが……。

大将たちはどう判断するっすかね？

第459掘：集まる情報とメンバー集結

Side：ユキ

『……ということで、大体距離は……の場所に、城を発見しました』

そんな報告が霧華から届く。

「どういうことでしょうね？」

「よく分かりませんねー。囮《おとり》の可能性は？」

一緒に報告を聞いていたラッツやエリスは首を傾げている。

確かに、ラッツの言う通りここまで大袈裟だと囮の可能性は否定できない。

ここに敵を引き寄せて、崩落などで一気に仕留めるという手段は有効だ。

「ラッツの言うことは理解できるが、あまりにも費用をかけすぎじゃないかのう？」

「そうねー。相手のDP事情からすると、これを囮にするぐらい余裕があるなら、もっとましな魔物軍団が用意できたんじゃないかしら？」

デリーユとセラリアはラッツの意見に一理はあれど、経済状況を察するにあり得ないと言っている。

俺も同じ意見かなー。

「うーん。私としましては、スティーブさんの意見に賛成ですわ」

「ん。私もそう思う。スティーブの意見が一番理に適っている。ダンジョンを別個に作る手段を知らないが故に、本拠点から通路を延ばすという手段を取らざるを得なかった。ゲートは移動距離短縮のため」

サマンサとクリーナもスティーブの意見を押しか。

……うーん、俺もスティーブの推測は当たっていると思うが、下手すると一網打尽になるからな。

「とりあえず、もっと詳しく調べてみよう。霧華、スティーブの推測が正しいのならば、ランクス方面に延びたダンジョンが存在するはずだ。撤去してしまった可能性もあるが、現在、ノゴーシュ、ビッツが向かっている状況から残っている可能性の方がまだ高い。城内の捜索よりまず、そっちの通路の探索を頼む」

『畏《かしこ》まりました』

自信満々でこちらに来るぐらいだから、セラリアが言ったようにダンジョンを使った奇襲作戦を考えていると推測する方が自然だ。

おそらく、発見できるはず。

しかし、凡その位置はランクスよりの剣の国の外れって位置だな。

なんでそんな場所に本拠点を構えた？

色々な意味で中途半端だな。

やっぱり、どこかのダンジョンマスターと手を組んだというよりも、ダンジョンマスターを騙《だま》して制御を奪い取ったような感じか？

……と、そういえば忘れてた。

「なあ。デリーユ」

「なんじゃ？」

「弟のライエの方からは何か報告はないのか？　そっち方面はデリーユに任せてたけど」

本当にすっかり失念していたが、デリーユの弟もガルツの方でダンジョンマスターとして生きながらえていたのを発見して、そのまま協力体制となったのだが、基本的にスタンダードなダンジョンマスターだったので、引きこもり上等、情報はほぼ仕入れていないというありさまだった。

最近は、こっちが新大陸とか行っている間に、ダンジョン町を利用した他のダンジョンの情報収集をやらせている。

今回の件で何か情報がないのかなーと思って聞いてみたというわけだ。

「何かしら情報があればよかったのじゃがな。あっちはまったく平穏じゃよ。特にこっちに利になるような情報はない。あるとすれば、ルーメルの方の情報じゃな」

「ああ、勇者たち関連か」

「うむ。あちらの方も妾《わらわ》たちとは別の勢力を形成しつつあるんじゃが、あの戦車などを召喚したのが勇者たちについてきた男個人の能力らしくてな。その男を上手く扱えていないのか、どうにも上手くはいっておらんようじゃの。まあ、勇者たちやその男も、船で別の新天地に行っておるようじゃしな」

あっちはあっちで大変やなー。

俺のような拠点形成能力があるわけじゃないから、変な陰謀《いんぼう》に巻き込まれないように、適当に最前線って感じのところへ逃げてるんだろうな。

しかし、最前線の方が安全って皮肉だよなー。

身内にいる敵の方が厄介ってことだよ。ちゃんと証拠をつかむまでやれないからな。

というか、ライエ君は十分役に立ってるな。

あっちの同郷の動きが把握できるのはありがたい。

エルジュとリリアーナの方からの情報とも違いがないし、ほぼ間違いないだろう。

ああ、セラリアの妹、聖女エルジュと、ラスト王国女王リリアーナは現在ラスト国にて、仲介や他国とのやり取りで四苦八苦中。

まあ、2人ともゲートを知っているからちょくちょく戻ってきては、のんびりしているみたいだが。

「今あるとありがたい情報じゃないけど、十分役に立ってるな。背後から刺される心配はなさそうだ」

「じゃな。ライエからの情報とエルジュからの情報に差異はない。いきなり宣戦布告して、こっちを攻めるようなことはないじゃろう。そういう意味では、今回のビッツとノゴーシュの件は一種の内乱じゃな」

「……表向きにはビッツの引き渡しを頼んでいるだけだしな」

「うむ。そこだけは救いじゃな。さらに裏にルーメルがいるとなるともうどうしようもなかったわ」

「そうね。その可能性もあったわね。そうじゃないだけある意味ありがたいわね」

セラリアも同意してくる。

まあ、このままルーメルまで参戦してきたらドロドロの泥沼になりそうだからな。

正直ありがたい。

ビッツがあくまでも、ランクスへの復讐ってことにこだわって、よその大国に協力を頼まなかったのが幸いか。

まあ、ルーメルに協力を要請しても、ちゃんと受けてもらえるか分からないしな。

そういう意味では、ちゃんとダンジョンマスターの存在を知っている近場の神様を頼るのは自然か。

……しかし、ビッツはどうやってノゴーシュやノノアを神だと認識したんだ？

やっぱり、元ダンジョンマスターからか？

そんなふうに考えていると、スティーブから報告が届く。

『こちらスティーブっす。予想通り、ランクス方面に延びる同じような通路を発見』

やっぱりあったか。

『どうしますか？ 進んでみますか？ それとも他の通路の捜索でしょうか？』

「……まずはその通路を進んで、戦力の有無と出口がどこにつながっているか調べてくれ」

『了解』

城内も調べさせたいが、うかつに二分するのはよろしくないだろう。

敵の本丸の可能性がある以上、厄介な敵がいたり、トラップがあったりしてもおかしくはない。なるべく連携を取らせて動くべきだろう。

スティーブたちが進む通路は、先ほどの通路と同じように、鎧ゴーレムの警備とゲートによる距離短縮があるだけで、特に変わるようなことはなかった。

『出口を確認。外に出て位置を確認します』

スティーブたちはそう言って外に出ると森の中にある、自然な洞窟《どうくつ》をこっそりダンジョンの出入り口にしているようだ。

『土に魔物の足跡が大量にありますね。これは、先日あったランクス襲撃の魔物たちのものでしょうか？』

「多分そうだと思う。それを追ってくれ。そうすれば、ランクスの領土へ出るはずだ。そうすればこちらで確認が取れる」

『了解』

送ってくる映像から、こちらでも発見したダンジョンの出入り口だとは思うが、別の可能性もある。

ランクス襲撃のあとは、魔物進行ルートをさかのぼってダンジョンの出入り口は見つけたが、手付かずだったんだよな。

だって、よその国の領土だし、ダミーの可能性もあるからうかつに監視もやれないんだよな。

と、思っていたのに。

「……こちらで2人の反応を確認。現れた方向から、ランクス侵攻の魔物たちが出てきた出入り口と同一と思われる」

なーんか、頑張るだけ無駄になってる気がする。

まあ、安全が確認されたわけだしそれでいいか。

「2人は再び戻って、ダンジョン内に他の通路がないかを確認してくれ。逃走経路の可能性もある」

『『了解』』

他に近辺に出入り口がある可能性もあるが、2人にはそれよりもダンジョンの確認が先だな。

ランクス方面の方はジョンの方からでも部隊を送って、他に出入り口がないかを確認させればいいだろう。

相手が油断している間にしっかり押さえられるところは押さえて、当日は余裕をもって迎えよう。

「なるほどね。ここから魔物を村に送るのかしら？　それともランクスの王都にまた仕掛けるのかしら？」

「それは、おそらく村だろうな。わざわざタイキ君が来ているからな。ランクス王都を攻めるよりこっちの方が楽だろう」

「そうね。それが自然だわ。でも、王都方面の防衛は残すのでしょう？」

「そりゃな。万が一、二方面同時展開されたら困るし」

敵の主戦力は重火器での排除ができるのは確認が取れているし、防衛線でも張って、少数部隊で攻撃させればどうにかなるだろう。

どうにかならなくても、連絡をして戦力を回せるし問題なし。

目の前の地図を見つつ、増強するべきポイントに駒を置いていく。

「……こうやって、着々と準備が進むのをみるとじゃな。妾たちが後手に回っているという認識があまり湧かんのう」

「そうねー。普通なら大慌てなんでしょうけど」

「まあ、お兄さんですからねー」

「ん。ユキなら安心」

「さすが、ユキ様ですわ」

「褒《ほ》めてくれるのはありがたいけど、仕事は減らないんだよなぁー」

むしろ、今回の件で増えている。

超増えている。

絶対これ、俺へのピンポイントの嫌がらせかなにかだろう？

「頑張れ。妾はもっぱら実働専門じゃからな」

「妾の仕事は警官の捜査課じゃしな」

「……デリーユも少しは手伝いなさいよ」

「妾はただの側室じゃからな。国政には手を出せんのじゃよ。妾の仕事は警官の捜査課じゃしな」

「まったく、都合のいい。と、そういえば、仕事が忙しいで思い出したのだけれど、あれからノノアの方はどうなっているわけ？　タイゾウがとんぼ返りしてからは、コメットが残ったんだっけ？」

「そうそう。コメットも元ダンジョンマスターだからな。ノウハウを教えるのはタイゾウさんより適任だろう」

なんかつい少し前の話なのに、ランクス襲撃で遠い昔のように感じるわ。

「……えーと、確かまだノノアの居城の防衛能力を上げている最中だったはず」

俺がそう言いながら、コメットからの報告書を探していると、扉が開かれてそこからコメットとノノアがやってくる。

「やっほー、ユキ君。そしてみんな。忙しそうで何よりだね」

「あ、え、えーと、どうも」

「そこまでかしこまらなくていいぞ、彼らは気さくだからな」

「あなたはー、もっとー、かしこまって隅で小さくなってくださいなー」

にこやかな笑顔と共に入ってくるのはコメット。

おどおどしながら続くのは魔術の神ノノア。

さらに後ろからノノアに声をかけているのはファイデ。

そのファイデに相変わらず毒を吐いているのがリリーシュ。

うん。この場に義理の親父たちを招待したら卒倒しそうだな。

俺にとってはポンコツなんちゃって神様なんだが。

「おい。なんで連れてきてるんだよ。向こうの城ががら空きなのはまずいだろう」

「問題ないさ。向こうにはポープリとそれにラブな魔術神の勇者がいるからねー。いやー、恋愛は自由だとは思うけど、ポープリを選ぶってのは救えないと思うんだよねー。まあ、ポープリはひいているし、どうなるか面白いからチャンスを上げたわけさ。私って優しくね？」

「それはお前が楽しみたいってだけだろう」

「そうとも言う」

お前が一番救えねえ気がするのは俺だけか。

なんで見てくれは美女なのに、中身がこんなに残念かね。

いや、俺の友人もこんな感じだったから当然といえば当然か。

「で、なんで連れてきた？」

「それこそ聞く理由があるのかい？　酒呑童子の話はこっちにも届いているよ。私もその大鬼を見たいし、ノゴーシュたちを足止めするにはこの人たちそろい踏みの方がやりやすいだろう？」

なるほど。

そこらへんはちゃんと考えているわけか。

確かに、意表を突くという形をとるなら、このポンコツたちは役に立つだろう。

だがなー、それには一つの問題がある。

それは……。

「話は分かった。ならその話を通すために、今回の作戦立案と主導をしているタイゾウさんに話を通してくれ」

「えっ？」

「不思議そうな顔をするな。当然だろう？　俺はタイゾウさんに付き従ってるだけだからな」

俺はそれを強調する。

今のところノノアの認識ではダンジョンマスターはいまだタイゾウさんなのだ。

まあ、他にも色々あるのだが、それを無視して話を進めるわけにはいかない。

そして、さらに問題が一つ。

「あとは、奥さんのヒフィーに恨まれないようにな。旦那さんをさらなる仕事地獄に追いやるとは恐れ入る」

俺がそう言うと、コメットは口をパクパクして、顔を青くしている。

そして、心を決めたのか、一気に凛々《りり》しい美女の顔になって……。

「よし‼　この話はなかったこと……」

「おかえりなさい、コメット。まさか、こんな大事を引き起こしておいて、逃げるとかないですよね？　無論、タイゾウさんの負担がないように、一から十まで手伝ってくれますよね？」

残念。

ヒフィーからは逃げられない。

いや、俺が嫌な予感がして、ヒフィーを呼んだんだけどな。

表向きは、他の神様来てるから顔合わせどうぞって感じで。

「出たぁーーー!?」

「人をお化けみたいに言わないでください!!」

よし、これで厄介な増員も押し付ける相手ができたしＯＫ。

第460掘：最終ブリーフィング

Ｓｉｄｅ：タイゾウ

世の中、準備万端で迎えられることはないという。

それは当然だ。

完璧などという言葉は存在しても、現実にはあり得ない。

「だが、これは今までで一番完璧に近いのではないだろうか？」

私は一人、会議室の中で呟いていた。

いや、慢心《まんしん》にはならないように注意はしているし、するつもりもない。

情報がどれだけ正しいか、戦力は十分なのか、などは実際やってみなければ分からない。

敵の戦力評価も私たちの評価なだけであって、実際の強さを知っているわけでもない。

しかし、しかしだ。あの戦争に比べれば、我が陣営の充実ぶりは涙が出るほど嬉しいのだ。

潤沢な物資、練度の高い人員、兵站の確保と、これだけ恵まれていて、完璧と思わずにはいられないだろう。

あの時の海軍将校たちは油の一滴ですら無駄にできないと言って、陸軍は薬莢を回収してくるようにしていたのだから。

「むう。いかんな。この余裕がある状況で心に油断ができつつある。戒めねば」

事実、あの当時、すぐに決着が付くだろうと高をくくっていた米国の海軍は、我が国の聯合艦隊によって甚大な被害をうけた。

同数戦力であれば、我が国の完勝と言ってもいいぐらいの戦果をたたき出した。

そう、米国が自国の充実ぶりに油断していたが故に。

まあ、そのあと物量に押し切られたわけだが。国力が圧倒的に違い、生産が追い付くわけがないのだから。

今回は私の立場は米国に近いものがある。

だからこそ、相手が出してくる、虎の子、奇策などの力を見誤ってはいけない。

「だからこその、最終会議だ」

そう、ユキ君は最終ブリーフィングと呼んでいるが、これが最後の会議だ。

すでにノゴーシュとビッツは刀を下げて、あと3日というところまで来ている。

それを確実に仕留めるために、作戦を説明して穴がないかを確認し、動き出すのだ。

確実に、そう絶対、島津一文字は返してもらおう。

お前のような棒振りには、西洋剣がお似合いだ。

「タイゾウさん。準備はいいですか？」

会議室の中を窺《うかが》うようにユキ君が入ってきた。

「ああ、大丈夫だ。皆さんの案内をお願いできるかい？」

「分かりました」

それから10分もしないうちに、今回の関係者が会議室に集まっている。

そのうちの4名が神様だというのだから、ある意味笑い話になるかもしれないな。

さらに言えばその中の一人が私の妻だというのだから。

……さて、そうこう考えているうちにみんなが席に着いたみたいだな。

「コホン。では、これより、ノゴーシュおよびビッツの捕縛、刀剣の回収作戦についての最終会議を行います」

もうちょっと緊張するかと思ったがそうでもないらしい。

発明品の説明会とあまり変わりはないな。

いや、それよりも楽か。

新概念を説明して開発許可と資金の提供を頼むよりは、はるかに楽だ。

「では、まず今回の原因と事態の推移を説明いたします」

事の起こりというには些かしょうもない話ではあるが、簡単に言えば、ルナ殿曰く、最後のダンジョンマスターであるユキ君への嫉妬《しっと》が原因である。

大体、大きな騒動の発端というものは案外小さなことだったりするのは、地球の歴史でもよくある話だ。

まあ、そこはいいとして、新入社員があまりにも短期間に大きな成果を上げ、瞬《また》く間に大勢力を形成したことにより、昔からいる社員に恨まれていったというやつである。

そこに、我が遠縁のタイキ君が治めるランクスで暴政を行っていた元姫君ビッツが、原因は不明だがダンジョンマスターの力を得て、ノゴーシュと協力体制を取り付ける。

お互い、相手に対して不満や恨みがあるので、敵の敵は味方ということで、相互理解は早いものだったと思える。

その後、魔術の国で同じく不満に思っていたノノア殿を引き込み、今回のユキ君率いるウィード、３大国連合対ノゴーシュ、ノノア、ビッツ連合の水面下の戦いが始まった。

まずはノゴーシュたちにより、ウィード、３大国連合へダメージを与えるために内部工作、離反や住民の不安をあおるなどのやり方をしていたことから、ウィードが敵対勢力を捜査、断定に至り、まずは近場であるノノア殿を押さえ、あるいは話し合いで解決できないかと思い動き出す。

結果、私の必死の説得により、ノノア殿の誤解が解け和解に成功。

および、この時点でこの敵対勢力の盟主がノゴーシュであり、ビッツがダンジョンマスターであるという情報を得て、ランクスに危険ありということで、至急防衛部隊を派遣。

数日後、ビッツから送られたであろう、魔物侵攻部隊とミノちゃん将軍、ジョン将軍が接敵、迎撃に成功。

その部隊の指揮官と思われる、ランクスの元近衛副隊長であるレイの捕縛に成功した。

ここまでは順調だったのだが、ルナ殿からの情報提供により事態が一変する。

日本の天下五剣が一振り、童子切安綱をビッツがダンジョンマスターの能力によって取り寄せたことが判明。

曰く、大江山の酒呑童子という日本屈指の大妖怪の荒魂が封印されていて、下手な扱いをすれば、その封印が解けるという。

そうなれば、この世界では神をしのぐ強さとのことで、甚大な被害が見込まれる。

よって、大至急、封印が解ける前に、童子切安綱、及び我が主家の宝刀、島津一文字の回収が急務となった。

他の刀も数本とられていたが、まあ主家のモノでないし、現存しているか不明な刀もあるので割とどうでもいい。

その回収と、敵対しているノゴーシュとビッツをおびき寄せて倒すことを目的とした、レイ処刑を実行するための準備をしているというわけだ。

と、ノノア殿が混乱しないように私とユキ君のことはうまく入れ替えて説明している。

「以上が、今回の原因と事態の推移となります。何か質問はありませんか？」

私が会議室を見回すと、一人だけ手を上げていた。

「セラリア殿。何か？」

「他の刀も数本相手が持っているなんて初耳なのだけれど？　言ってないってことは、特に厄介なものではないのよね？」

「そのはずです。数本と言っても3本で全部複製なのですが、まずは、備前長船長光。通称物干し竿と言われる野太刀で、かの宮本武蔵と戦った佐々木小次郎の所持刀として有名ですが、そもそも、佐々木小次郎という人物がいたのかも、巌流島の決闘も所説ありすぎてあやふやです。小説の創作であるという見方が強いぐらいです。無論、物干し竿も、話の内容から備前長船の作ではないか？　と言われているだけで、現物は確認されておりませんな」

「なるほどね。もともとないものであり、使用者もよく分からないのね。だから、警戒のしようがないか。他の二本は？」

「二本目は徳川家を滅ぼしたと言われる妖刀村正なのですが、もともと村正作の刀剣は主流、というのは変ですが広く使われていたので、山ほど村正という名の刀は存在するのです。しかも徳川家のみに特効があるだけですので……」

「それは警戒する意味がなさそうね。最後の一本は？」

「最後の一本が多少の癖がありますな。国の重要文化財に指定されていて、ノーブル殿と同じ、我が日本では軍神と呼ばれていた人物が所持していたといわれる刀。姫鶴一文字です」

「それ大丈夫なのかしら？」

「もともとレプリカ、偽物ですし、私としては、かの越後の龍、上杉謙信と立ち合えるのなら嬉しいことですな。我ら示現流が天下一だと証明するのにいい相手でしょう。酒呑童子のように荒魂を封印されているというようなことはないですし、かの御仁は君主としても名君でありましたから」

「なるほど、話し合いの余地はあり、そして、腕試しにはいい相手ね。それなら私も会ってみたいわ」

セラリア殿はどうも血の気が多いようだ。

まあ、私もそういうのは嫌いではないが。

「はいはい。バトル思考はあとでな。次はノゴーシュとビッツ捕縛と刀剣回収の作戦概要を頼む」

ユキ君に止められて、刀談義をやめる。

仕方がないか。日本史を知っているのは、私とユキ君たちの奥さん数名と、タイキ君がうろ覚えぐらいだから、他の人が付いて来れない。

むう、こういうところで異世界というのは寂しいと思ってしまうな。

まあ、ユキ君の言う通り今は作戦の概要を説明しなければな。

「失礼しました。では、今回の作戦について説明いたします」

先ほど言った通り、目的はノゴーシュ、ビッツの捕縛、および刀剣の回収による今回の騒動の収束。

どちらも成功すればいいのですが、そんなうまいことはそうそうありませんので、優先順位をつけます。

第一目標、刀剣の奪還。これは伝説の大鬼の復活を阻止するため。下手をすると一番厄介。

第二目標、ノゴーシュ、ビッツの捕縛。これができればほぼ終わりですが、そう簡単にいかないでしょう。

これらを達成するために、用意したのが先日捕縛したレイを処刑するという罠です。

レイ処刑を宣告し、処刑場でノゴーシュにビッツ引き渡しを求め、その場で一網打尽にするという内容です。

場所は、剣の国側の国境ギリギリにある村を処刑場に改装、人員もすべてランクスの兵士に入れ替えており、さらにウィードの魔物軍が近代兵器で包囲、逃げ道を塞ぎます。

ビッツのダンジョンマスター能力での魔物の大部隊が出現する恐れについては、ウィードの魔物部隊を散開させて警備に当たらせており、素早い対応が可能であり、処刑場への乱入は上空からでも厳しいものと推察します。

そもそも、航空戦力があるのであればすでに使っているだろうから、あまり考慮をするべきではないですが、ユキ君は万全の体制とのことで、空戦できるように飛竜隊もスクランブル待機予定であり、地上を逃げるのであれば、追撃は容易と想定しております。

懸念されることは、ビッツのダンジョンマスター能力による戦力増強、逃亡ですが、戦力増強については、剣の国で起こっていた冒険者行方不明事件の犯人と思われる魔物を、モーブ殿たちが排除に成功。よって、強力な魔物や大規模な魔物の投入の可能性は少ないと予想されます。

また、逃走経路を押さえるため、スティーブ将軍と霧華将軍が敵ダンジョンに侵入し、ダンジョンの地図を作成することに成功。

いつでも、コアを奪取してダンジョン機能を停止に追い込めるとのこと。

これらを処刑当日に同時に展開する予定です。

なお、ノゴーシュやビッツが他国との連携を取っている可能性は、現状限りなく低く、一番注意するべきルーメルの方は特に軍備を整えているという話はなく、ルーメル所属の勇者たちも現在おらず、横腹に食いつかれる心配はないでしょう。

「以上が今回の作戦内容になります。何か、ご心配な点や、変更するべき点などはありませんでしょうか？」

私はそう言って、会議室を見回すが、誰も特に声を上げない。

「些細なことでも構いません。わずかな隙間も疑問も埋めましょう。そのための最終会議なのですから」

ユキ君たちはいいとして、神々や3大国の王たちはなぜ何も言わないのだろうと不思議なのだが……。

そう思っていると、ようやくロシュール王が口を開く。

「……その、言いづらいのだが、タイゾウ殿」

「はい。まったく気にしませんので、どうぞ陛下」

私の返答で意を決したのか、他の沈黙している神々や王たちに視線を合わせて頷きようやく言葉を続ける。

「これでは、どうやったら、ノゴーシュとビッツが逃れるすべがあるのか分からん」

……ああ、そっちですか。

いや、そうは言っても完璧など存在しないですし、もうちょっと何かありませんか？

と、口には出せない私がいた。

第461掘：長き旅の終わり

Side：？？？

一つ事にとらわれすぎるな、数多《あまた》の経験こそ、道につながる。

そう言っていた剣を極めた我が師の顔を思い出す。

本人は剣を極めていないなどと言うが、あれこそ極めたと言うべきだと私は思う。

あんな、おごり高ぶったただの棒切れを振るうだけの剣の神なぞより、我が師こそ剣の神であると断言できる。

「……長生きはするものだな」

私はそう呟いて、日課の素振りを始める。

最初は竹刀で、そのあと刀を、淀みなく、真っ直ぐに、自然に、息をするように……。

すでに日課というより、私の生命活動と言っていいだろう。

ここでの修練も最後になるだろう。

そう思いながら、それでもただひたすら、素振りを行い、型の練習をする。

もうここに留まる理由がないのだ。

私の目的はもうすぐ達成される。

そして、そこが私の終わりだろう。

おそらくは、これがあのノゴーシュに一太刀浴びせる最後のチャンスだ。

ビュン⁉

「む？　雑念が入ったか」

空を切る音が濁った。

私もまだまだだな。

だが、あのノゴーシュにはこれで十分だろう。

分かるのだ。すでに私はあの愚《おろ》か者を超えていると、だからきっとそれで終わるだろうと。

「責任は取らねばならん。ランクスの勇者殿にも、ウィードのダンジョンマスターにも迷惑をかけた」

結局のところ、今となっては勝手な私怨であり、今いる若者たちの足を引っ張っている事実は何も変わらない。

我が師は使えるものはなんでも使えとは言っていたが、さすがに、良ければ助けてやってくれと言われていた同郷の若者たちを利用するのは、私も申し訳なく思う。

なので、せめてこの復讐を終えたらすべてを彼らに譲渡し、沙汰を待つのが私の最後の務めという奴になるだろう。

「……ふう。これぐらいでいいだろう」

色々考えを巡らせているうちに、いつもの日課が終わる。

さあ、あとはここを破棄するだけだ。

もうここには戻ってこない。

「まあ、そこまで愛着もないのだがな」

この拠点も複数あるうちの一つに過ぎない。

他のダンジョンは必要な場所以外、回収をして停止し、ただの廃墟となっている。

必要な場所というのは、そのダンジョンを糧《かて》にしている街などが管理しているところだ。

ここも未発見で、残しておく意味もない。

「ふふっ。おかしなものだ。ダンジョンマスターの癖に、活動場所が近場の村なのだからな」

ダンジョンを停止して、荷物を担いで、近くにある村に向かう。

そう、ここ20年ほどはこうして、諸国を渡り歩いている。

我が身の安全を考えればダンジョンに引きこもっているのが正しいのだが、私は師の教えに従い、一つの事にとらわれず、多くの経験を積むためにこうして生身で外を歩いて回っている。

無論、最初からこんなことをしていたわけでなく、師にめっきりと鍛《きた》えられ、師がいなくなったあともしばらく鍛えて、ようやくということだ。

まあ、数百年引きこもっていてようやくだが。

その長い人生の中のたった20年だったが、外の世界は凄まじいものだった。

師と一緒に外に出た時も衝撃的《しようげき》だったが、自らの足で世界を歩くということの意味を知った。

「こうして、普通に村へ歩くこともしたことがなったな……」

サクサクと雑草を自らの足で踏みしめて進んでいく今の姿と、昔の己を思い出して、少し懐かしく思ってしまう。

まったく、私の父の領地は滅ぼされて当然だったと今なら言える。

外を知らず、内だけを固めても意味がなく、外だけを知って、内を知らないでも意味はない。

必要なのは、必要な時に、己が取れる手段が多くあることだ。

人は完璧にはなれない。

まずは己の無力さを知り、それでなお、進もうとする意志と、多くを学ぶ在り方が重要だと師はよく言っていた。

それを成すには、外に出ろと。

無論、自分の身を守れないのでは意味がないので、必死に鍛錬を続けて、今の私がある。

「あ、おっちゃん。おーい‼」

そんな声が聞こえる先には、村の門で手を振っている少年が一人。

昔の私なら、無礼な‼ とか馬鹿なことを言っていたんだろうなと思う。

だが、今の私はそうではない。

「やあ、今日も元気だね。ダヤツ」

「うん。おっちゃんも剣の訓練か?」

「ああ、まだまだだからね」

「おっちゃんの腕でまだまだとか、わけ分かんねー」

彼は村に住んでいる子供で、私とよく話す。

まあ、よくある話で、彼は三男で家を継げないので、将来は冒険者でも目指して村を出るとのこと。

それで、剣を学ぶために私とよく一緒に訓練をしている。

無論、外に出るような訓練はまだなので、いつもこんな感じで村の門で待っているのだ。

子供の頃の私より素直なので、将来が楽しみだ。

きっと師もこういう気持ちで弟子を育てていたのだろうなと思う。

「いつ、俺も外の訓練に連れて行ってくれんだ？」

「まだ先だな。しばらくは基礎を大事にしないといけない」

「ちぇー、分かったよ。前みたいなのはごめんだしなー」

ダヤツも数か月前に自分の腕を過信して、一人で森へ行って魔物に襲われ、そこを慌てて探しに来た私が助けたのだ。

この時ばかりはダンジョンマスターの能力を持っていてよかったと思った。

助けたあとはちゃんと叱ったが、それもダヤツには必要な経験だろう。

私もそういう無茶はしたものだ。

誰もが通るべき道、という奴だろう。

「じゃ、今日もいつも通りか。なら早く訓練終わらせようぜ。そして朝飯たべよう」

「……ああ、そうだな」

そうか、ダヤツへの指導も、もう終わりか。

この村も私の多くある鍛錬場所の一つでしかない。

長生きするうえで問題なのは、私が不老な点だ。

エルフならよかったのだが、人族なので、どうも怪しまれる、ダンジョンマスターであるという事実もあるので、一つ所に長居できなかったのだ。

この村も、つい二年ほど前に居ついただけだ。

来るべき日のための、訓練場所として、長く続くかと思っていたが、幸か不幸か、あっさり終わってしまったな。

「なんか言ったか？　おっちゃん？」

「いや。さあ、訓練を始めようか。朝ごはんに間に合わない」

「おう」

そうして二人で一緒に木剣を振るう。

ダヤツに教えているのは剣であって、師の刀術ではない。

刀術は私にとっての切り札なので、ダヤツには悪いが教えていない。

まあ、剣術はもともと教わっていたし、師にも教わったので、それなりに教えられていると思っている。

そんなことを考えていると、ダヤツとの最後の訓練が終わる。

最後だからと言って、少なめにしたり多くしたりもしていない。

……これでいい。

ダヤツの家に行って、いつもと同じように朝食をお世話になる。

ああ、さすがに、ただ飯ぐらいというわけではない。

近くの魔物や山菜を採ってきて提供している。

「さーて、飯も食ったし、ダヤツ、畑に行くぞ」

「分かってるって、とうちゃん」

そう言って席を立とうとする二人を呼び止める。

「どうしたんだ？」

「お。もしかして今日から外か⁉」

「馬鹿言え。お前みたいな足手まといを連れて行くわけねぇだろう」

「そうだな。おじさんの言う通り、そういうわけではないよ」

「ちぇー。じゃ、なんだよ？」

そう聞いてくる、ダヤツに剣をそっと差し出す。

「え？　剣？」

「ああ。今から私は旅に戻る。もう、ダヤツに教えることはできない」

「は？　はぁぁーー⁉　ちょ、ちょっとまてよ‼　な、なんで……」

そう言って騒いでいたダヤツに拳骨が落ちる。

「だまってろい。で、あんちゃん。本当なんだな？」

「はい。今までお世話になりました」

「……そうか。当然だよな。あんちゃんは旅人。俺たちは村人だ。いつかこんな日が来るとは思っていた」

「いきなりで、申し訳ないのですが。決めましたので」

「気にするなよ。あんちゃんには今まで世話になったんだ。村を魔物から助けてもらったり、ダヤツの馬鹿に手をかけてくれたりな」

「ということで、代わりと言っては何ですが、剣をおじさんに預けます。ダヤツが一人前になったと思ったときに渡してください」

ダヤツに差し出していた剣をすっとおじさんの方へ向ける。

「はぁぁぁー!? 俺に直接くれよ!?」

「だまってろ‼ あんちゃんの言う通り、お前にはまだはぇぇ‼ で、村の皆には？」

「いえ、名残惜しくなるので、何も言わずに出て行きます。ダヤツとおじさんにはそうはいきませんので」

「そうか、なら俺たちはいつもの通り畑仕事に行くか」

「はぁ!? 見送りは!?」

「ばっかやろう‼ だまってついてこい‼」

そう言っておじさんは剣を腰に佩いて、鍬を手に持ちいつものように畑仕事に出る。

……いい家族だ。

母親は私が来た時点ですでに亡くなっていて、よく男手一つで育てたものだ。

……さあ、私もいつものように、最後の旅に戻るとしよう。

そう、旅は旅だがこれが最後の旅だ。

かつて、ノゴーシュに領土を奪われ、民を奪われ、家族を殺され、ダンジョンマスターになり、その力をもってしても、奴には敵わず、途方に暮れていたとき、ノゴーシュを剣一本で叩きのめしたと言う、本物の英雄と出会った。

我が師である、カミイズミノブツナ。

私は当時、頼み込んだ。

ノゴーシュを殺してくれと。

しかし、彼は私の事情を聞いて、私自身が強くなれと言ってきた。

すでに、自分はノゴーシュの器は見たし、因縁もなく、誰かに使われるのは面白くないし、私のためにもならないと。

『お主が剣で、ノゴーシュを超え、切ればよい。それ以上の敵討ちはあるまいて』

敵を討つのであれば、最も効果的なことをするべきだと言って。

確かに、それができればどれだけいいかと思った。

しかしそれができないから、ダンジョンマスターになり、魔物を送り続けていたと反論したものだ。

『……ふむ。少し、怒りや恨みで本質が見えておらんな。よかろう。ここで会ったのも何かの縁。しばらく軍略や新陰流を教えてやるとするか。わしも、ちょっと海を渡るすべを探しているところだしな』

そんな感じで、私は彼の弟子となり、多くを学び、我がダンジョンの一部をビッツというものを知らぬ姫に渡し、そのままノゴーシュと手を組ませることに成功した。

これで、奴の本拠地は押さえ、あとはどうやって奴を公衆の面前でたたっきるかと思っていたのだが、ウィードのダンジョンマスターが妙手を使ってきた。

おそらく、各国の王から聞いたのだろう。

我が師、カミイズミノブッナの名を使ってノゴーシュを誘い出したのだ。

弟子との決闘という私にとっては、これ以上ないぐらいの舞台だ。

迷惑をかけた彼らに謝れもするし、私が築いたものも渡せる。

まあ、私の存在は彼らにとっては、予想外だろうが、私が出ていくことによって、確実性が増すだろう。

「私としては、師とランクスの勇者殿を引き合わせたかったのだが……」

聞く限り、ランクスの勇者殿は日本人である可能性が高い。

我が師と同郷の人物だ。

人柄もよさそうだし、我が師も喜んでくれるとは思ったのだが……。

「海の向こうへ行ってしまったのだから仕方ないな」

……あの人は本当に凄い人物だった。

私に色々教授してくる傍ら、海を渡る方法といって、水面を歩く歩法を編み出したのだから。

本人曰く……。

『片足が沈む前に、もう片方を踏み出す。簡単な理屈だったな』

うん。無理です。

海の大型の魔物も危険だと言ったのだが、一刀両断してしまっては、止める手段が存在しなかった。

「……微妙な気分になったが、気を引き締めねば。ノゴーシュをこの手で討ち取る絶好のチャンスなのだから」

そして、私はランクスが布告した処刑場へと急ぐ。

旅人ではなく、修行者でもなく、かつてノゴーシュに滅ぼされたちっぽけな領主の息子。

「アーウィンが、その首、叩き落としてくれる」

第462掘：笑ってはいけない道中記

Side：コメット

いやー、本当にユキ君といると退屈しないねー。

私やノノアは待機かと思えば、ノゴーシュ側の援軍を装って、ノゴーシュと合流するように と言われたよ。

うひゃひゃ、これで、追撃は完璧となったわけだ。

ダンジョンに逃げ込もうが、すでにスティーブ君たちが権限を奪う準備はできているし、足 で逃げるなら私たちも一緒に逃げることになるし、なにより……。

「ノノアがいるのであれば、万が一があっても離脱には困らんな」

「ええ、そうですわ。ノノア様がいらっしゃれば空を飛べるのですから」

なーんて、わざわざ空を飛んで追い付いて見せれば、こんなことを言って、いざという時は 私たちを使って逃げるつもりでいるとか、もう八方塞がりですよ？

なに？　脳筋とか言ってたけどここまでだと、笑い死にしそうなんだけど？

これはあれですか？　私に笑ってはいけないをしろと？

やめてよー。私、笑いの沸点低いんだから。

いや、まあ、空を飛べば逃げられると思うよね普通。

ユキ君たち相手にはただの的だからねー……。

おっそろしいよね、対空砲とか銃器って。数キロ先から狙撃ってんなアホな精度だし。

まあ、音速で飛んでる飛行機どころか、音速の数倍でる大陸弾道弾ですら、条件が整えば撃墜可能だしー。

考えるだけ無駄だという奴だろう。

相手が悪いとかいうレベルを超えているんだよ。

あっはっは、そもそも、音の速度とか考えたこともなかったからね。

いやー、タイゾウさんとかの科学技術講義は面白いわー。

こんな面倒な仕事終えたら、研究所に引きこもって色々やりたいね。

私がそんなふうに考えて、笑いをこらえている間に、ノノアがノゴーシュに話しかけている。

「ノゴーシュ、本気で向かうのですか？　あからさまに罠ですよ？」

一応、苦言を呈するように言って、ノゴーシュの狙いを聞き出すように指示が出ているのさ。

まあ、常識的に考えても、素直に協力するのはおかしな話だしね。

「なに構わんさ。これで私をコケにした、ノブツナの弟子と、悪逆の勇者タイキを堂々と切れる。そのあとは、ウィードの大悪人ユキだ」

うぇーい。笑いどころきたーーー‼

万が一にでもタイゾウさんとタイキ君を退けることができても、殺せるわけないじゃん。

そのあとのウィード攻略とか無理だよー。

天地がひっくり返っても無理。

やっぱり、こいつ私の笑い死にを狙っている？

耐えろ、耐えるんだ‼ 私の死者ボディ‼

長年の無表情生活で、鍛えたポーカーフェイス‼

「……本気でそんなことができると思っているのかしら？」

「無論だ。さすがに私も自分の力量ぐらい把握している」

どこが⁉

やべー、こいつぁやべーぜ‼

腹筋にダイレクトだぜ‼

「そして、このカタナもある。見よ、この神々しい刀身と力強さを‼ まさに私のためのカタナと言っていいだろう‼」

あー、うん。

なんというか、童子切安綱に飲まれているって感じがひしひしするわー。

あと、その刀が一番君の首を絞めている要因だよ？

もう、タイゾウさんがガチ切れ中。

いや、童子切よりも二本目の島津一文字が原因だけどさ。

「まあ、ノノアの言うように万が一ということもあるだろうが、離脱するならば先ほど言った通り、ノノアがいれば問題なかろう」

「ええ。そのときはよろしくお願いいたしますわ。ノノア様」

「……はぁ、分かったわ。で、そちらのお姫様がダンジョンマスターなのかしら？」

「そうだ。彼女がダンジョンマスターであり、あの悪逆の勇者タイキに城を追われたビッツ姫だ」

もうさ、そのすげー紹介やめてくれないかなー。

笑いを堪えるために私の腹筋はズタズタよ。

シックスパックとかに腹筋が割れたらどうするんだよ？

ムキムキの嫁さんなんて、男が近寄らないだろ‼

いや、結婚予定とか願望もないけどさ。

死体だし。

「これは、ご挨拶が遅れました。私が、ランクス王国正統継承者ビッツと申します。どうかお力をお貸しくださいませ」

「ご丁寧にどうも。まあ、今までお世話になっているから、協力はやぶさかではないけど、無理はやめてね」

くふふ、本当に色々な意味でお世話になっているからね。

そういう意味で協力はやぶさかではないよねー。

喜んで手伝うに決まっているよ。

いやー、しかし、ちゃんとこういう腹芸もできるんだし、国元での仕事ぶりも見たし、為政者としてはしっかりしていたんだろうね。

相手が悪かった。この一言に尽きるんだろうね。

それを言うなら私やヒフィー、ノーブルもなんだろうけど、個人的にはこうなってよかったと思っているかな。

ユキ君がいなければ、こんな和気あいあいな状態じゃなかっただろうし、いまだにヒフィー神聖国で戦争に明け暮れてたことだろうね。

そんなことを感慨深く考えていると、ビッツが腰に佩いた刀を見せて返事をしてきた。

「分かっていますわ。でも、私もこのカタナ、ヒメヅルイチモンジで相当腕が上がっていますから、ご心配には及びませんわ」

ほぅ。

彼女も刀を持っているのかい。

これは、ユキ君たちに報告だね。

持っている刀は姫鶴一文字と、ユキ君たちの故郷、日本でこれまた有名な人物が持っていた刀みたいだね。

ノーブルと同じように軍神と言われたらしいけど、興味ないから名前は覚えてないや。

でも、剣の腕が上がったねぇ。

やっぱり、変な能力でもついてると見た方がいいのかな？

『今度は空飛ぶ人に屍人形か、はてさて、妙な異国に辿り着いたものだな』

ん？　なんか聞こえた？

えらい、古臭い喋《しゃべ》り方のような気がしたけど……。

でも、ノゴーシュ以外の男の人もいないし、気のせいかな？

あー、コールを繋げているから、向こうの声が聞こえたのかな？

「ともあれ、これでさらに私たちの勝ちが揺るぎないものとなった」

負け確定なんだけどねー。

まあ、酒呑童子が一番の懸念ではあるけど、君たちの先はもうないと思うよ。

いや、立場的に、首ちょんぱでハイ終わり、ってわけにはいかないだろうけどね。

あくまで秘密裏だし、剣の国の長であるノゴーシュがいなくなれば、それはそれで混乱を招く。

今回、ノゴーシュはボコボコにされて、剣の神という自信を打ち砕く予定である。可哀想《かわいそう》に。

それで、そこら辺から脅《おど》しをかけて屈服させる予定なそうな。

まあ、もともと、上泉信綱に負けてるしねー。なんでこんなに自信満々なのか私も不思議なんだけど。

脳みそまで筋肉だとこういうもんらしい。

さて、そんなノゴーシュの腹筋崩壊自慢話に耐え続けてランクス国境近くに辿り着くと、ビッツが立ち止まって、そこ掘れわんわんを起動して、何かいじっている。

「少々お待ちくださいませ。囮用の魔物たちを召喚して、森に待機させて……」

ふーん。多少は考えているみたいだね。

なるほど。これはビッツを放っておくには危険があるね。

ユキ君レベルに達するとは思えないけど、これ以上ダンジョンの扱いに慣れてしまえば厄介な相手になるだろうね。

最悪、私たちでビッツをやっちまえって言った理由が体感で分かったよ。

しかし、そのビッツの手は止まって驚いた顔をしている。

「どうかしたのか？」

「……おかしいですわ。ＤＰがそこまで増えていません。確かに私たちが出た後、冒険者ギルドを襲うように言っておいたのですが……」

あー、やっちまったからね。

モーブさんたちが。

残念。そういう意味でも君たちは八方塞がりなのさー。

しかし、ＤＰがそこまで増えていない、ねー。他に収入源があると見ていいね。

まあ、当然か。収入源があれ一つだけなんてのはおかしな話だからね。

これも報告っと。

あれ？　私って真面目に仕事してね？

「ふむ。何かのトラブルか、冒険者ギルドの連中も熟練《じゅくれん》がいなくなっている状態ではあるし、人を呼びに行かせて分散させているのかもしれんな」

「なるほど。そういうこともあるかもしれませんわね」

……ここで倒されたって発想が出るようなら、最初からケンカは売ってないか。

「まあ、予定に狂いが出るのはよくあることだ。幸い、ノノアたちとも合流できた。ノノアという魔術神とその弟子がいるから結果的には戦力は上がっただろう。とりあえず、今呼び出せるだけの魔物を呼び出して森に配置しておけばいいだろう」

「そうですわね。そういたしますわ」

あー、私は一応、ノノアの弟子の中で一番の魔法の使い手ってことになっています。

まあ、ダンジョンマスターでリッチです‼ なんて言えばすぐに斬られそうだしね。

実際の所、魔術勝負はしたことないからどっちが上とは言いにくいが、総合力は私が圧倒的に上。

なにせ、バックにユキ君や心の友であるナールジアがいるからね。

悪知恵、ぶっ壊れ装備には事欠かないのだよ。うははは‼

あ、あと家政婦のヒフィーね。

だからと言って、私が下に扱われても文句とかはない。

現状も理解しているし、私が表に立ったらそれはそれでクソ忙しいのは分かっているからね。

ヒフィー神聖国の時みたいにオートパイロット処理でもないと、書類仕事なんてやってられるかー‼

研究職だけで十分です。

今の職場が天国‼

「配置も終わりましたし、行きましょう。本日中にはその村に着きたいですし」

「うむ。そうしよう」

配置が終わって再び処刑予定地の村へと馬を進める私たち。

「まったく、本当に護衛もなしで行っているとは思わなかったわ」

「仕方あるまい。どう考えても罠だ。私やビッツ姫はどうにかなるが、他の騎士たちは命を落とす可能性があるし、人数が増えれば速度も落ちる。これが最良だったのだ」

そう、ノノアの言う通り、というか、モーブさんと霧華君の報告通り、このお馬鹿たちは護衛なしの二騎駆けでランクスに向かっていたのだ。

理屈は分からなくもないが、やはり脳みそ筋肉と言うべきだろう。

私には理解できないタイプなんだろうなー。

そんなことを話していると、特に問題もなく村に辿り着く。

村の門の前には豪華な鎧を着た兵士が立っている。

ランクスの兵士だろうねー。

「とまれ‼　名とここに来た目的をお聞きしたい‼」

「私が剣の国の王であるノゴーシュだ。こちらがランクスの正統継承者のビッツ姫。そして、魔術の国の女王ノノア殿に、その弟子のコメット殿である。ランクスの勇者殿に伝えられたし。こちらが証明の親書である」

ほう。

こういうことはちゃんとするんだね。

いきなり斬りかかるとか思ってたけど、そうでもないらしい。

アレだね。昔の在り方にこだわるタイプだと見た。

「はっ‼　お預かりいたします‼　皆々様方、失礼ではありますが、少々お待ちください。確認を取ってまいります‼」

「うむ。かまわぬ」

いやー、よく訓練しているね。

これから袋叩きしようって奴らにちゃんと礼を払うってなかなか難しいんだよね。

ま、とりあえず、私の腹筋はもったわけだ……。

「ふっ、あの兵士はよく訓練されている。悪逆の勇者を倒した時に生きていれば部下にしてやろう」

「ええ。私たちにちゃんと礼を払うとは、誰が主かよく分かっている兵士ですわ」

そんな不意打ちを私は食らってしまった。

「ぶばっ‼」

噴き出した。

もう噴き出した。

辛抱溜まらんかった。

痛恨《つうこん》の一撃だった。

こうかはばつぐんでした。

「どうかしたのですか?」

「む。具合が悪いのか?」

やめてー‼

真顔でその馬鹿面近づけてこないで、ひー、拷問だよこれーー⁉

早く、タイキ君来てくれー‼

シリアスな空気をー‼

第463掘：混迷する状況

Side：タイキ　ランクスの勇者王

クソビッチ姫たちの接近はダンジョンの監視から知っていたけど、ちゃんと門からの連絡を受け取ってくるという原始的な手順をとった。

それは、こちらが遠隔で相手の状況を知れるということがばれないようにという、こちらの手段を一つも漏らさないための、タイゾウさんやユキさんが考えた方法だ。

兵士の危険もあるかもしれないが、そうなったら、最低限の礼儀も知らない奴らに手を抜く理由もなくなると言われて何とか我慢した。

はやる気持ちを抑えて、兵からの連絡を受け取り、親書を読み、走ることなく、ゆっくりと近衛兵たちを連れて門へと向かう。

そして、到着した先には、今までさんざん迷惑をかけてくれたクソビッチと、嫉妬ばかりの脳筋のノゴーシュがいた。

……が、何か様子が変だ。

コメットさんがしゃがんでいて顔を見せず、横にノノアさんが寄り添って、その二人を心配そうにクソビッチと脳筋が見ていた。

状況がよく分からない。

コメットさんの具合でも悪くなったのか？

「あ、タイキ‼」

俺がどう声をかけたものかと思っていると、クソビッチが俺に気が付いて名前を呼んだ。

てめぇに呼び捨てにされるほどの仲じゃねーよ。

「今すぐ宿を用意しなさい‼　ノア様のお弟子様の具合が悪いのよ‼」

お前に指図されるいわれはないわ。

しかし、コメットさんは身内だし、知らぬ間にノゴーシュとかに攻撃されたかもしれない。

クソビッチはこの反応から何もしてないだろう。

とりあえず、ヒフィーさんも心配するだろうから、すぐにコメットさんは保護するか。

「……分かりました。ではそちらのお弟子さんはこちらに」

「はぁ⁉　私たちも一緒に決まっているでしょう‼　この裏切り者の卑怯者《ひきょうもの》が‼　国を滅ぼしたように、抵抗できない女性を一人にしてこっそり殺すつもりね‼」

……黙れやクソビッチ。

その人はリッチでもう死んでまーす‼

あと、俺が殺そうとするならここら一帯消し飛ぶから‼

舐めるなよ、ユキさんのメンバーの非常識っぷりを‼

というか、お前自分の立場わかってねえだろう。

後ろの近衛兵たちが殺気だってるわ。

俺も腸煮えくりかえっているけど、ここは我慢だ。

ちゃんとノゴーシュを決闘でぶちのめして、刀を回収して、レイを処刑して、逃げようとするクソビッチを捕らえて完膚なきまでに叩きのめす。

今、動くのはよくない。

我慢だ、我慢。

「分かりました。皆様もご一緒に、こちらです」

「ふん。まったく礼儀がなっていませんわね。これだから謀反人《むほんにん》は」

「隙を狙って、などと考えるなよ？　勇者が不意打ちして首が落ちるなどというのは恥であろう？」

……やっぱりこいつら、この場でやっていいんじゃないか？

なんでこんなに自信満々なんだよ。

『タイキ君、落ち着け。非常に不愉快ではあるが、その役目は私のはずだ』

俺の怒りがすぐに平静に戻る。

コールから聞こえてくる声は、静かでしかし怒りを含んでいたからだ。

その声の主はタイゾウさん。

おう、声だけでそこまでとは、もうデストローイは決まったな。

救いはないし、慈悲もない。

『あー、タイキ君。コメットの様子が分かった。タイキ君やタイゾウさんにとっては不愉快だったんだろうが、コメットにとっては、渾身のギャグにしか聞こえていなかったみたいだ。コールで連絡がきた。さっきのやり取りも、腹がよじれそうだと』

ユキさんからの連絡で一気に色々な気力が抜けた。

……ああ、そういうことですか。

確かに、粋がっている馬鹿にしか見えないよな。

まあ、らしいといえばらしいよなー。

はぁ、相手の挑発に乗る必要もないか。

「こちらです。騒ぎが起こっては困りますので、監視を兼ねた兵士は置かせてもらいます」

「ふん。臆病者ね」

何とでも言え。

今日が最後の晩餐だからな。

我慢してやろうじゃないか。

……なんか、俺の方が悪役っぽい気がするのだけど、気のせいだよな？

と、そんなイライラがあったりもしたが、意外にもクソビッチと脳筋は特に暴れることもなく、宿でおとなしくしていた。

おかげで、本部との連絡ができるから、そこだけは感謝してもいい。

「なんであんなにおとなしいんでしょうね……」

『そりゃー、自分たちの状況を把握していないか、どうにかできると思ってるからじゃないか？』

「どっちにしても、頭お花畑じゃないですか、やだー。で、そっちから見て童子切の方はどう思いましたか？」

そう、この場で一番の問題は童子切だ。

アレの封印が解けるのが、一番厄介なんだよな。

最初から、クソビッチや脳筋は論外。

『俺やタイゾウさんはいまだに封印は解けていないって見解だな。あの馬鹿はちらちらと刀を見せつけていたし、子供かって感想だな』

「それは同意見です」

まさに新しいおもちゃを持った子供だった。

あれでよく剣の神とか名乗れたな。

『そういう意味では乗っ取られているっていう話も分からんでもないけどな。ああ、そういえば、前ランクスに侵攻してきた方向から、魔物が５００ほど進軍して来てたから、それはすべて処分したってジョンから報告がきてる』

「やっぱり、別働隊がいましたか。狙いはどこだったんでしょうね？」

『ちゃんと進軍方向も確認してる。ランクス王都方面に３００。この村へ２００ってところだ。二方面作戦だな』

「そうですか。ジョンたちがいて助かりましたよ」

『まあ、あらかじめ予想していたからな。火器での排除だったから楽だったとよ』

　そりゃー、そうでしょうね。

　こっちの世界ではいまだに剣と弓、そして魔法ぐらいですから。

『スティーブと霧華もすでにビッツのダンジョンの最奥に辿り着いている。いつでもコアを抜き取って、奪取可能な状態で待機している』

「周りは十分に固めたって感じですね。後は、明日の決闘と処刑ですか。大丈夫ですかね？」

『そこらへんは分からん。決闘するのは俺じゃなくてタイゾウさんだしな。まあ、負けるとは思ってないけどな。どうせ無効化スキルをやるだろうから、不意打ちはあり得んだろうなー。唯一飛び道具の警戒をビッツに払わないといけないが……』

「いやー、あれに飛び道具が使える腕も筋力もありませんよ。我儘《わがまま》お姫様ですよ？」

『だろうな。護衛も連れてこなかったことがこっちにとっては監視がしやすくなって楽だよなー』

「で、そのタイゾウさんはどうしてるんですか？」

『さっき寝た。明日に備えるだってさ。いつもの通りに飯食って風呂入って寝た』

「変わりありませんね。というより普段より健全な生活ですね」

『タイゾウさんは、徹夜がデフォルトみたいだしな。まあ、明日頑張るんだし、今夜は俺たちが監視だわな。と言っても、タイキ君も早く休めよ。一応大将だからな。明日の決闘次第では、相手が狙ってこないとも限らないからな』

「分かってますよ。でも、多少緊張しているのか、眠れないんですよ」

『ああ、ピクニック前は眠れなかった性質か？』

「さあ、どうだったですかね？　とりあえず、なんか気分がですねー」

『色々、そっち、ランクスにとっては締めだからなー』

「あ、そういえば、そこで不思議だったんですけど、なんで各国の王は酒呑童子の封印に関して何も聞かなかったんでしょうね？」

『それは、全然前知識ないしな。被害が出てもランクスが最初だし、ある意味、動きやすいと思ってたんだろう。魔物にノゴーシュ、ビッツが襲われ死亡で済むから』

「そういうことですかー」

そんな話をしていたら、眠気がやってきて、布団に潜り込み、処刑日を迎えることになる。

翌日の天気は晴れ。快晴。

うーん、処刑日の快晴って喜ぶべきことなのかね？

そんな感想を持った。

まあ、雨だと濡れて面倒だし、いいことなのかなーと思っておくことにする。

俺はどうせ、見届ける役で、座ってるだけが主な仕事だからなー。

クソビッチと脳筋もさすがに寝坊するようなことはなく、すでに来ていて、裁判に異議を申し立てる気満々である。

「では、これより、元近衛隊副隊長レイの裁判を行います」

「ふざけるなぁぁ‼ 姫様‼ ノゴーシュ様‼ どうかこの愚か者どもを‼」

引っ立てられたレイは処刑人を見て、すぐに喚いた。

というか、泣きついた。

もうちょっと、そんな罪は犯していないとか言えないのかね？

異議あり‼ で、追いつめようとした準備が台無しじゃねーか。

まあ、おかげで、クソビッチとノゴーシュがさっさと立ち上がって乱入してきたのはこっちとしてはありがたいが。

「この裁判は不当である。力による決めつけの裁判など無効。不当に国を奪ったタイキこそ処刑されるべきである」

「そうですわ‼」

おいおい、この場で宣戦布告かよ。

その馬鹿な発言で、すでに近衛兵たちは2人を取り囲んでいる。

しかし、2人は臆することなく、刀を抜く。

2人？ なんでビッツも刀を抜いてるんだ？

いや、持ってるのはコメットさんからの報告で聞いたけど、お前使えないだろう？

「卑怯者ども。この場から逃げられると思うな」

「ええ。よその王族にここまでやっておいて、無礼打ちされても文句はありませんわね？」

……うーん。

なんだろうなー。この勘違いの方向性。

あれだけ自信満々だと、なんか悲しくなってくるよな。

まあ、いいか。

そろそろ、タイゾウさんに合図を出して……。

「卑怯者はこちらのセリフよ。刀を持っただけで強くなったと勘違いしている、偽りの剣の神が」

そんな声が聞こえて、ノゴーシュとビッツの横に降り立つ人影が一人。

ああ、タイゾウさんもう行ったのか、と思って見ていると……。

「貴様⁉　あの時の⁉」

「え？　あなたは⁉」

「どちらとも覚えていたか。まあ、私を知らない者もいるようだし、改めて自己紹介をしようではないか。かつてノゴーシュに領土を奪われ、民を蹂躙《じゅうりん》された愚かな領主の息子であり、そのビッツ姫にダンジョンマスター能力を移譲したアーウィンだ」

誰⁉

あれ⁉　配役変わった⁉

なに、一気に色々情報が出た気がするんだけど⁉

「ど、ど、どうなってるんですか⁉」

『しらんわ⁉　何だよダンジョンマスターって、しかもビッツにダンジョンマスター能力を移譲したとか言ってるぞ⁉　わけ分かんねー⁉』

ユキさんも知らないようで、すげー慌てている。

なかなかない光景だと思うが、それを見て笑っている余裕などない。

なにあいつ？　敵⁉　味方⁉

俺たちが混乱している一方で、アーウィンと名乗った男は、袴《はかま》姿で刀を納めた状態で構える。

「そして、貴様がおびえて逃げた、上泉信綱殿の一番弟子だ。此度《こたび》のことは、お前の首をただ取るためだけに仕掛けたものだ。さあ、偽りの剣神よ、私の刀の前にひれ伏すがいい。わが師の刀を受ける資格もない。お前にそこまでの技量はない」

「笑わせるな‼　あの時の貧弱坊主の貴様ごときが刀を握って少し練習をしたからと言って、私に勝てるわけもなかろう‼」

はい？

えーと、どういうこと？

なんか、ノゴーシュが怒って、刀を抜いてアーウィンとかいう人と対峙しているよ？

逆にビッツは驚きでいまだ固まってるよ？

落ち着け、落ち着くんだ。こういう時は、どっちとも制圧だな。

うん。もう状況がよく分からんし、ノゴーシュとビッツは敵対姿勢をみせたから、大義名分はある。

ＯＫ。そうしよう。

そして、制圧の連絡をユキさんに送ろうとしていると、タイゾウさんが来て止められる。

「待つんだ、タイキ君」

「いやー、さすがにわけが分からないですよ？」

「まあ、詳しい事情は分からないが、さっきの話だけを聞けば仇討《かたき》ちだ。動きも悪くない。むしろ素晴らしい。おそらくは本当に上泉殿の指導を受けたのだろう」

「はい⁉　本当ですか⁉」

「ああ。そして、私たちに気配を察知させることなく、あの中に飛び込んだ。殺気を向けていなかったということだ。敵ではないよ。ここは私に任せてくれ。ユキ君もいいかな？」

『……あー、了解です。任せます。でも危険があると判断したら一気に制圧しますよ』

「それはかまわない」

なんかそう言って、タイゾウさんは対峙している2人に近寄る。

「両者とも待たれい。この兄弟子とノゴーシュ殿との勝負、同じく上泉信綱の弟弟子であるこのタイゾウが見届けまする。お互い、今一度、身を整え、遺恨なき決闘をしてはいかがか？」

「……ふん。よかろう。アーウィンを斬ったあとはお前を斬って、カミイズミノブツナを斬り、私が剣の神であると証明してやろうではないか」

「……なるほど。分かったよ。弟弟子の願いだ。死ぬ前に心の準備ぐらいはさせてやるよ」

あれー？

なんか、乗ってきた？

決闘好きなの？
馬鹿なの？
超展開でついていけねーっす。
というか、西洋ファンタジーからいきなり時代劇になってね⁉
誰か説明プリーズ‼

第464掘：異世界の侍と剣の神

Side：タイゾウ

私はこの異国の地で、異人であるアーウィン殿の背中に、侍を見た。

そう、侍。

ユキ君やタイキ君を悪く言うつもりはないが、いま目の前にいるアーウィン殿が、私よりも、侍らしいと思ってしまった。

それだけの、覚悟が見えたのだ。

「両者とも、この砂時計が落ちきる頃に、この場で立ち合ってもらいますが、いかがか？」

「構わぬ。最後の余生を楽しむといい」

「構いません」

ふむ。

どうやら、ノゴーシュもただの馬鹿ではないようだ。

決闘の意味を理解しているのかは分からないが、本能で察知はしているようだ。

この決闘を断れば、ノゴーシュは文字通りすべてをなくすのだ。

剣の神という立場も、王という立場も、生命も、名声も、何もかもだ。

決闘を受けて、万が一勝てれば、現状は保たれるかもしれない。

まあ、私たちが敗れたところで、ユキ君がそのようなことにはならないように手を打つとは思うがな。

私がそんなことを考えて砂時計を見つめていると、アーウィン殿がこちらに近寄ってきて、頭を下げてきた。

「すまない。君たちが色々準備していたのを台無しにしてしまった。本当にすまなかった」

私には確かに、誠意ある心からの謝罪に見えた。

だから、そのことを咎めようとは思っていなかった。

「……構いません。というのは簡単ですが、時もできたことです。できうる限り説明をしてはもらえませんか？　兄弟子。タイゾウと申します」

私がそう言うと、少し驚いた表情をしていたが、すぐに普通に戻り……。

「そうだな。弟弟子に説明をしておくのが、せめてもの義務だな。アーウィンだ」

アーウィン殿は特に拒否することもなく、私が用意した席へと座ってくれた。

「こちらが、ランクスの王であるタイキ殿です」

「この若者が……。いや、失礼をいたしました。私、上泉信綱の弟子であるアーウィンと申します。このたびは私怨で大変ご迷惑をおかけしました」

「あ、はい。アーウィン殿ですね。でー、私怨とはいったいどういうことでしょうか？」

タイキ君も困惑しつつも、敵意のない挨拶にしどろもどろではあるが質問をする。

まあ、いきなりの乱入者なのだから、当然か。

私も、アーウィン殿の意図を聞きたくて来てもらったのだ。

「話す前に一つ約束をしていただきたい」

「約束ですか？」

「はい。私が、皆々様方にご迷惑をかけたという事実は否定するつもりはございません。のちにどのような処罰をも受けることも誓います。ですが、この一戦、ノゴーシュとの戦いだけは、私に先陣を任せて欲しいのです。私が負ければ、弟弟子であるタイゾウ殿が出るのも、そのあと勇者殿が周りに伏せている兵で袋叩きするのも構いません」

迷いもなくアーウィン殿は言い切る。

「えーっと……、ちょっと待ってください」

タイキ君は席を外す。

ユキ君と相談に行ったのだろう。

「ご安心ください。兄弟子の決闘を邪魔するようなことにはならないと思います。万が一そのようなことがあれば、私が止めます」

「感謝する」

そしてすぐにタイキ君は戻ってくる。

「はぁ、特に問題はないのでいいのですが、とりあえず事情を話していただけませんか？」

「そうですね。話すと長くなるのですが、簡潔に言うのであれば、先ほどノゴーシュと話した通りです。私は遥か昔、ノゴーシュに国を奪われました。その時にダンジョンマスターとしての力を手に入れたのですが、色々な巡り合わせの下、上泉信綱という素晴らしい師を得て、この身で打ち破ることこそ、最高の仇討ちだと思い、迷惑だとは思いましたが、私がノゴーシュを正々堂々と討つに相応しい状況を作り上げてもらうために、ランクスから逃げてきたビッツ姫を利用したわけです」

ふむ、色々と疑問はあるが、仇討ちで間違いはないようだ。

「いやー、なんで私たちを巻き込む必要があったんですか？　ダンジョンマスターならそんなことをしなくても……」

「私がこっそりと討ち取っても意味がないからです。他国の目がある言い訳のできない場所で、討ち取る必要があったのです。我が師に敗れた時も揉み消しましたからね」

「あー……」

「それに、恨みがあるのは、ノゴーシュのみ。今、暮らしている人々の平穏を乱すつもりはありません。我が師に言われなければ無用な悲しみを生むだけでしたでしょう」

「……そういうことですか。だから、ランクスから逃げたビッツの手引きをして、ダンジョンマスターの能力を与えて、ノゴーシュと手を組ませたわけですか」

「その通りです。そうすれば、いずれ暴走するとは思っていました。その暴走したノゴーシュを討てればと思っていました。まあ、ウィードのダンジョンマスターとランクスの動きがここまで早いのは意外でした。無用な混乱を避けるために、ノゴーシュ亡き後の領土分配する手間が省けましたよ。おかげで迷惑料の価値も低くなりましたが、とりあえず渡しておきます」

「迷惑料ですか？」

アーウィン殿はそう言うと、ダンジョンコアをころころとテーブルに置く。

「いまだ稼働状態の物もありますが、必要のないダンジョンはすべて止めてきました。本来であれば、ランクスの勇者殿とウィードのダンジョンマスターに渡すべきでしょうが、もう時間がないようだ。いったん、タイゾウ殿にダンジョンマスターの能力を譲渡しておきますので、私が勝とうが負けようが、これで問題はないはずです。まあ、残っているダンジョンも、コアに残っているDPもウィードのそれと比べれば大したことはないと思いますが」

あっさりとダンジョンマスターにとってのすべてと言っていいものを私に渡す彼にタイキ君は驚いていた。

「ちょ、ちょっと!?　いいんですか!?」

「いいんですよ。私はダンジョンマスターには向いていなかった。君たちのような、我が師と同じ、叡智ある人に使ってもらうのがいいでしょう。さあ、時間だ。あとは頼みます」

「いや、あの!!」

タイキ君が決闘に向かうアーウィン殿を止めようとするが、私がそれを押しとどめる。

「やめるんだ」

「やめるって、そういう話じゃないと思うんですけど!?」

「……彼は、一人の人として、あそこに行ったんだ。ダンジョンマスターではなく、ただ、仇討ちのために。余計なものはすべて私たちに預けて」

「余計な物じゃないでしょうに……」

「余計なのさ。剣の神を相手にダンジョンマスターの力は不要。自身が鍛え上げた、技術で戦うと決めた男には」

そう、この戦いはどこまでも私怨だ。

だが、それ故に止めることはできない。

私たちが止めたところで止まるわけもない。

ただ、彼はこの日のために生きてきたのだから。

彼はノゴーシュと相対する。

納刀したままで、立ち尽くす。

「ふん。ビッツ姫にわざわざ手を貸したのがお前だったとはな。寝首を掻けばまだ勝ち目があったものを」

「……」

ノゴーシュの言葉に返事もせず静かに立ち尽くす。

私も立合人として出向かなければ。

「貴様、聞いているのか‼　最後の会話だぞ、何か言うことはないのか‼」

「……ノゴーシュ殿。もはやそんなものは必要ないのですよ。あなたもそれぐらいは分かるでしょう？」

「……立会人か。まあいい。お前の兄弟子とやらをすぐに叩き斬って、次はお前だ」

「その時を楽しみにしています」

おそらくは来ないだろうが……。

「では、決闘の前の名乗りを」

私がそう言うと、すかさず、ノゴーシュが声を上げる。

「剣の国が王‼ 剣の神でもあるノゴーシュ‼ 神に仇為《あだな》す愚か者どもを斬ってくれよう‼」

「……上泉信綱が弟子。アーウィン。故郷の人々の仇討ちのため、偽りの神を斬る」

ノゴーシュは闘気や殺気が膨れ上がるが、対してアーウィン殿は自然体だ、風に揺れる柳のごとし。

ここまでの人物を育て上げるとは、間違いなく、彼の師は上泉信綱なのだろう。

戦いに際して、闘気や殺気で相手の士気を挫《くじ》くのは当然。

そしてそれに対抗するために、同じように闘気や殺気を放つのもまた当然。

それをせず、自然のごとくというのはそうそうできることではない。

これは勝負あったな。

そう思いつつ、私は言葉を紡ぐ。

「では、はじめ‼」

その声と共に、相手に踏み込んだのはノゴーシュだ。

確かに速い。

恐ろしく速い。

レベルという概念で身体能力があがるこの世界で、さすが神と名乗るだけはあって、もの凄い。

「何もできずに、構えもせず、ただ立ってるだけとはな‼　刀も抜かぬ腑抜けはそのまま死ねい‼」

だが、中身が三流だ。

この男には精神修養が足らんな。

いや、刀を知らなすぎるか、アーウィン殿の何も構えていない立ち尽くしたあの姿に飛び込むとは……。

バキッ。

「ぐっ⁉」

次の瞬間、そんな音と共にノゴーシュがアーウィン殿から飛び退いていた。

そこには、納めたままの刀を前に突き出しているアーウィン殿が立っているだけだ。

「……あれに当たらないでもらいたいのだが」

「たまたま抜くのを忘れた刀が当たったからと言っていい気になるな‼」

そんなわけがない。

あれは、おそらく試したのだ。

アーウィン殿はおそらく困惑している。

自分の実力と、相手の力の差に。

あまりにも、差がありすぎて、手加減しているのかと思っているのだ。

その証拠に、ノゴーシュが今度は連続で斬りかかっているが、それを柳のようによけている。

アーウィン殿はあの構えを取れることの凄さを実感していないのだろうな。

無行の位。無行の構え。

柳生が生み出した物かと思えば、やはり新陰流の祖である、上泉殿の教えだったか。

その構えとは構えないこと。

構えとは、相手を打ち破ろうという気構え、それは相手を倒そうとする工夫。隙を見せず、相手を倒すための在り方。

しかし、だからこそ、隙だらけの構えなしこそ、あらゆる太刀筋を生み出せる。あらゆる状況に対応できる。

それ故、真似できる者はいないと言われる。絶技である。

隙だらけの構えをとることの恐怖。命を奪われるかもしれないという状況下で、そのような行動がとれる者がどれだけいるだろうか？

わずかに、恐怖や焦りに飲まれれば、あっという間に命を落とす。

それが無行の構え。

だから、結果は当然だった。

唐突に、アーウィン殿が抜き放った抜刀により、決闘の終わりを告げた。

カラン、カラン……。

「ば、か……な」

信じられないようなものを見る表情で、ノゴーシュはアーウィン殿を見つめたあと上半身がズレ落ちる。

それと一緒に、童子切も刀身が真っ二つに……。

「「「ああーーーー！？！？」」」

私の他に叫び声が聞こえる。

……しまった。

まさか、そこまでの腕前があるとは思わなかった。

どうしよう。

第465掘：動き出す毘沙門天と本命登場

Side：ビッツ

な、なんてこと。

まさか、私にダンジョンを譲ってくれた人が、ノゴーシュ様を倒すために私を利用したなんて⁉

これは確実に負ける。

そう、心の底から実感した。

最初からはめられていた。

そうか、だから、魔物たちもいまだにここに辿り着かないし、色々上手くいかなかったのだ。

あいつが、私を笑うために、情報を流していたに違いない‼

悔しい‼ なぜ、私だけがこんな目に‼

い、いつか必ず、この復讐はさせてもらいますわ‼

とにかく今は逃げるのが先、ノゴーシュが戦っている間なら何とか逃げ出せるはず。

でも、なぜか体が動かない。

『いまさら気が付いたところで遅い。絶対お主は逃げられぬよ』

そんな声がはっきりと聞こえた。

私の中から。

「な、なに⁉」

『私のことはどうでもよい。とりあえず、今うかつに逃げようとすることだけはやめておけ。あの連中に背を見せれば、きっと撃たれるぞ』

「撃たれるって、弓程度なら弾き返せますわ」

『弓程度ではない。鉄砲だ』

「てっぽう？」

『ふむ。やはり、この地にはまだ鉄砲が伝来しておらぬか。弓よりも簡単に誰でも扱え、弓よりも鋭く威力の高い矢を打ち出す武器よ。目にすら留まらぬ。放たれた矢は視認できるが、鉄砲の玉はなかなか難しい』

……そんな武器があるなんて、聞いたことありませんわ。

なら、空から逃げれば……。

『それも仕方あるまい。まあ、そういうことだ。とりあえず逃げるという手段はおすすめせんな。横にいる空飛ぶ女たちを使うのもおすすめしない。ただの的だな。隠れる場所がない分、四方八方から狙われるだろう』

心を読んだ⁉

でも、どうしたらいいんですの⁉

『まあ、この決闘の成り行き次第で取るべき行動は変わるが、逃げるのは愚策。まあ、あの男があの若武者に勝てるとは思えんが』

どういうことですの？

ノゴーシュ様は剣の神ですのよ？

それが、負けるなんて思っているのですか？

『負けぬと思っているのならば、なぜお主は逃げるつもりだった？』

うぐっ。

そ、それは状況が悪いからですわ。

『然り。状況が悪いし、あの男も刀を握ったが故に負けるは必然。剣の神と言ったか。確かに、あの動きはお主らが通常持っておる直剣には最適であろう。しかし、刀にはそぐわぬ。故に、刀の扱いに慣れておる、あの若武者に軍配が上がるのは当然。まさに必勝の策を相手は持ち出してきたというわけだ』

貴方の言う通りであれば、結局負けるのではありませんか‼

ここに残ってどうするのですか‼

『逃げるはダメ、戦うも愚。なれば、共闘しかあるまいよ』

共闘？

『お主らが唯一、読めぬ一手を、いや二手を持っていたことだ。それが、あの男が握っている刀。童子切安綱。そして、この姫鶴一文字よ。まあ、私は分け御霊のさらに写しで、姫鶴と混じっておるが故にかなり力が落ちているが、あっちの童子切は本物故な』

何を言っているのか分かりませんわ。

というか、貴方は姫鶴一文字だったんですの？

『然り。私は姫鶴一文字であり、毘沙門天の化身』

意味が分からないのですが。

『まあ、私の名は知らぬよな。今大事なのは私の名ではなく、あの男の持つ童子切よ。よくもアレを使おうなどと思ったな。日ノ本の大鬼が封印されている。あの童子切を』

オオオニ？

『そう、大鬼。あの男が狂うか、乗っ取られるか、それとも復活するかは知らぬが、それが我らというか、お主が生きるための手段よ』

だから、何を……。

そう私が問いかけようとした瞬間……。

カラン、カラン……。

そんな音と共に、ノゴーシュとカタナが真っ二つになってしまった。

「ああっ――――！？！？」

そんな声が相手からするのが不思議でしたが、こちらはそれどころではありませんわ。

ど、どうするのですか!?

これでは周りを囲まれて、さらに逃げ道が……。

『落ち着け。さすが、あの上泉殿の弟子というだけはあるか。ここまでとは思わなかったが、逆にありがたい。ほれ、あの男の亡骸《なきがら》を見よ』

なにを……。

そう言いながら、ノゴーシュの亡骸に視線を向けると、黒い霧が覆っていて、再び体がくっついた⁉

それどころか、額に角が⁉

ど、どういうことですの⁉

それに、横に炎がいきなり上がっていますわ⁉

『ちっ、依り代ではなく、配下の屍鬼《しき》としたか。予想とはちと違うが、まあ、良い。体を借りるぞ娘』

「は⁉　何をい……」

しかし、私の言葉は続けられることはなく、勝手に口が動き……。

「関東管領、上杉輝虎。いざ参る‼」

カントウカンレイ？　ウエスギテルトラ？

何を言っているの⁉　なんで、変になったノゴーシュに近づいていくのよ⁉

そんな私の気持ちとは裏腹に、今までよりも信じられないくらい鋭く、カタナが迷いなく振りぬかれる。

しかし、その鋭い斬撃は、吹き上がっていた炎に阻まれ止まる。

ガギン‼

「ちっ‼」

止められた瞬間すぐに私は飛び退くと、私がいた地面がいきなりえぐれた。

いや、違う。

大きい手から伸びる爪でえぐれたのだ。

「そうやすやすとはやらせてはくれぬか。酒呑童子」

その視線の先には炎の中から出てくる、オーガがいた？

いや、あれは私が呼び出したオーガとはくらべものにならない。

炎の化身のような魔物が現れた。

なに？　なんなの、あの魔物は⁉

『言ったであろう？　酒呑童子という大鬼よ』

だから、なんなのですかそれは⁉

『あの刀に封印されておった化け物よ。お主らが面白半分に血を吸わせるから目覚めたといったところだ。まあ、最後はあの男が餌になったようだが』

そ、そんなのがいたんですか⁉

『そう。これが、可能性よ。これが復活するとなると、もう四の五の言ってられぬ。感じたと思うが、生半可ではない。これを放っておくわけにはいかんと分かるはずだ』

え、ええ。この化け物が解き放たれれば、いったい誰が止められるというのでしょうか。

『だから、共闘よ』

幸い、若武者や侍が都合よくいるのでな。

え？

「そこな若武者‼ 奥の若造‼ そして、立会人の老武者‼ さっさと、得物を持って加勢せい‼ 驚いておる暇《ひま》なぞないぞ‼ 日ノ本の大鬼の始末ぐらい我らでしなければ意味がなかろう‼」

な、なに言ってるの⁉

この隙に逃げるんじゃないの⁉

『何を言っておる。ここで主導権を握るのだ』

気が付けば、アーウィンやタイゾウとかいう奴に、勇者タイキまで傍《そば》に来ていた。

ひぃぃぃ⁉

「待てや、ビッツ姫。なんでそんなわけ分からん口調に……」

「若造、私はビッツではないわ。この刀の中身よ」

「中身って、上杉謙信だろ？ なんだよ上杉輝虎って？」

「タイキ君。謙信は法名だ。出家してからついた名前が謙信で輝虎はその前の名前だな」

「ほう。私のことを知っている者もいるようだ。まあ、それで私が陣頭指揮を執るのに異論はないな？」

「越後の龍がトップならまあいいかな」

「見せてもらいましょう。軍神と言われたあなたの実力を」

「えーっと、よく分からないけど、弟弟子が協力するならいいのかな?」

な、なんであっさり言うこと聞くのよ⁉

『なに、昔取った杵柄というやつだ』

わけ分からないわよ‼

でも、なんとかなるんでしょうね⁉

「で、酒呑童子を相手にどうするんですか?　幸い、あっちはこっちを睨んでくるだけで動いてこないですけど……」

「だな。輝虎公。どうされますか?」

「はっ。諱を呼ぶとは、切り捨てられても文句は言えぬぞ?　まあ、こっちも猫の手も欲しいところだから不問とする。まずは、あの男を斬る。おそらくあの男、力を酒呑童子に供給しているようだからな」

「なるほど。ノゴーシュは腐っても神ということか。分かりました」

そして、なぜか4人は化け物を囲むように、分かれ……。

「各々かかれぃ‼」

何も考えていないじゃない⁉

あの化け物に真正面からなんて⁉

ガギィイン⁉

そんな音が響いて、飛び退く。

「ちっ。厄介よ。あの炎」

「こっちもダメでしたよ。あの炎が鎧みたいになってる」

「同じくですな。しかし、あまり時間をかけてはダメでしょうな」

「ですね。どんどんあのオーガに力が行っている。なんとかこじ開けないと」

どうするのよ⁉

「なに。簡単なことよ。身があらわになっている部分を斬ればいい」

はぁ⁉

あの化け物を斬れるわけないでしょう⁉

「なるほど。陽動ってやつですかね」

「そうすれば、自分の方に炎を戻さないといけない。道理だな」

「で、その隙に。ノゴーシュを斬ればいいと」

「まあ、大江山の大鬼退治にはもう一人足りぬが、いないものを言っても仕方あるまい‼」

ちょ、ちょっと⁉

突っ込むの⁉ 突っ込むの⁉

私が止める間もなく、私の体はあの化け物に肉薄して斬りかかる。

ザシュ‼

え？ 斬れた‼ 斬れたわよ‼

「ええい。分かっておるわ‼ しかし、浅い‼ ……なに⁉」

その化け物の腕が振り抜かれて、再び地面がえぐれる。

いたっ⁉ 肩が痛いですわ⁉

「ちっ、かすっただけでこれとは。さすがは酒呑童子と言ったところか」

視線が自分の肩に向くと、ごっそりと切り裂かれて、血があふれ出していました。

ひ、ひぁぁぁぁ⁉

い、いだい‼ 死ぬ、死んでしまいますわ⁉

「この程度で死ぬか‼ 黙っとれ娘‼ 気が散る‼」

ぞ、ぞんなこと言ったたって……。

血、血がこ、こんなに……。

「何やってるんですか？ 攻撃もらうなんて」

「この体の主が委縮していてな」

「ああ、そりゃそうだ。まともな実戦はやったことがないでしょうし」

「女子にゃはり、戦場は無理か」

「いやー。程度の問題だと思いますけどねー。タイゾウさん、アーウィンさん、治療するからよろしく」

「任された」

「分かったよ」

ちりょう？

タイキがしてくれるんですの？

「私のことはほっとけ。この傷だと、使わぬ方がまだいい。治療するだけ時間の無駄だ。今すぐ動くようにはならん。攻め手を増やす方が大事。片腕で振れぬわけでもない」

「あー大丈夫、大丈夫。この世界には魔術がありまして、っと」

えっ⁉

いつの間に無詠唱《むえいしょう》で高レベルの回復魔術を使えるようになったのですか⁉

「ぬ？　面妖な？　傷がなくなった？」

「動きますかね？」

「ああ、問題ない。不思議だ。このような治療方法がこの地にはあるのか」

「ですね。あと100回ぐらいなら、容易いですよ」

「ほう。ただの一番腕の悪い若造ではなかったか」

「そりゃー、さすがに3人と比べると落ちますけどね」

「ならばよし‼　多少の傷なら若造が治す‼　皆の者‼　果敢に挑みかか……へぶっ⁉」

ふえっ、なんでいきなり倒れたんですの⁉

あ、頭が痛い⁉

何か、後頭部に乗っている？

「情報収集は終わったんで、とりあえず邪魔」

そんな声が上から聞こえてくる。

「き、貴様‼　誰かは知らぬがここが攻め時‼　邪魔をするな‼」

「やかましいわ。ほら3人とも下がった下がった」

「うぃー。了解です」

「分かった」

「えーと、よく分からないけど。分かりました」

なぜか、3人は輝虎の時より素直に言うことを聞いて引いていく。

「わけ分からずなことを‼」

「お前の方がわけ分からずだよ。上杉謙信だか、輝虎だか知らねーがな。ここは最初から俺が仕切ってるの。まったく、なんでこうも横槍が入りまくるかな。とりあえず、お前ら全員正座で話聞くからな。あ、酒呑童子は保護してくれ」

「はぁ⁉　貴様、酒呑童子を保護な……ど」

そう言って、頭を押さえつける力が抜け、あの化け物の方を見ると、そこには泣きじゃくる、赤い髪をした女の子がいただけでした。

「いじめないで……。かか様、かか様……」

何がどうなっているんですの？

第466掘：酒呑童子の経緯と処分

Side：ユキ

まあ、世の中予想外のことが起こるのは、よくあること。

予定通りに物事が進むのは稀。

それは俺もよく知っている。

だけどさー。

「これはないだろう」

正直、この問題は放っておいて寝たい。

でもそういうわけにはいかない。

だって、目の前に広がるのは……。

「なぜ私が縛《しば》られている‼　貴様、このようなことをしてただで済むと思っているのか‼」

そうのたまう、真っ二つになってくっついて、蘇生した、剣の神ノゴーシュ。

もう剣の神って看板下ろせよ。

ゾンビーの方が似合うぞ。

「……ぬぅ。お主、いったい何をした。ちゃんと説明してもらうぞ」

そう言って、正座しろって言っているのに、胡坐《あぐら》をかいて座っているのは、ビッツ姫ではなく、コピーの姫鶴一文字に宿ったコピー劣化上杉謙信。

　ここまででもわけ分からずだが、極めつけは……。

「大丈夫だよー。お兄ちゃんはいじめないよー」

「そうなのです。兄様は優しいのです」

「はい。お兄様に任せれば大丈夫ですよ」

「お兄はちょうすごい。いい子だから、泣かない、泣かない」

　そういって、アスリン、フィーリア、ヴィリア、ヒイロが総出で慰《なぐさ》めているのが……。

「ひぐっ、えぐっ……。うん。しゅてんはいい子だから、泣かない……。ひっぐ……」

　そう、この作戦で一番問題となっていた酒呑童子その人？である。

　いや、見た目はただの子供だ。しかも女の子。

　いやさ、考察で権力争いに追われた、貴人っていう説はいったけどさ、普通男だと思うだろ？

　いやさ、童子だから子供って感じだったけど、まんまかよ‼

　捻れよ‼

　誰か説明して欲しいわ‼

「えーっと、ユキさん。とりあえず処刑場の撤収は終わりました」

「スティーブと霧華からも、連絡が来たわ。ビッツのダンジョンの掌握は無事すんだそうよ」

　タイキ君やセラリアからは、色々報告がくる。予定通りで何より。

「で、ユキ君。とりあえず、上杉殿と協力して止めたはいいが、アーウィン殿はどうするんだ？」

あー、それもいたね。

最初の予定外。

本物の上泉信綱の弟子という人物。アーウィン。

そいつが、ノゴーシュごと、童子切をぶった斬ったのが事の始まりだよ。

くそ、やっぱり上泉信綱は常識の外の人物だったか。誰が刀ごと敵を斬ると思うか⁉

叩き落とすぐらいだと思うだろう‼

なに？ 新陰流は武器ごと相手を斬れって教えなのか⁉

「いや、師はそういうことは言ってませんでしたが……。ただあれは斬れたから斬ったとしか……」

「さようですか」

常識外の人に何を聞いても常人には理解できないといういい例だろう。

できるからやった。

おう、簡潔だな。

まったく理解はできないけどな。

「とりあえず、ＤＰの入ったコアは本物だし、ダンジョンマスターだということは確かですね。ビッツのダンジョンの図面も見せてもらったし」

「納得していただけて何よりですよ」

まあ、アーウィンの方はいいや。

非常に協力的で、すでに指定保護下だから。

結局のところ、ビッツは最初からアーウィンの復讐、仇討ちのために利用されたことに間違いはない。

思ったよりも、俺たちの反応が早かったのが予想外だったらしい。

そのことについてはアーウィンも正直に謝っている。

ウィードやランクスに本格的に迷惑をかける前に、殺るつもりではいたらしい。

いや、あいつら、魔物使って進軍してきたけどな。

細かいところで文句はあるが、今は良しとする。

「とりあえず、アーウィンさんの話は後にして、まずは……」

捕まった脳筋は放っておいて、ビッツ兼上杉輝虎もまあ今はいいや。

「秋天《しゅてん》ちゃん。これ美味《おい》しいよー」

「チョコなのです」

「甘いですよ」

「秋天とりあえず、口を開ける」

「あーん」

そうヒイロに言われてひな鳥のように開けた口にチョコを一かけら放り込まれる。

少し口を動かして……。

「……甘い」

にっこりと微笑《ほほえ》み喜ぶ。

「もっとあるよー」

「ほんとう？」

「ほら、ここにたくさんなのです」

と、今はアスリンたちに甘やかされているが、あの赤髪の子供が酒呑童子である。

「そもそも、なんであれになっちゃったんですか？」

タイキ君が不思議そうに酒呑童子を見て言う。

「いやー。もともとあれがベースだったんだろうよ。ほれ、元の話は大江山に豪華な館があったとか、わざわざ都の京から姫を攫うとか、ただの人食い鬼にしては不思議な記述は多かっただろう？」

「なるほど。権力争いの果ての作り話ということだな」

「なるほどのう。そういえば、妙な話ではあったな」

「いや、そこの輝虎は普通に話に入ってくるな」

しれーっと、会話に入ってくる軍神。

「お前ら、人を諱《いみな》で呼ぶなと言っておろう。諱を呼んでいいのは父母か、主君ぐらいだぞ？呼ぶなら、役職名を呼ぶか、上杉という家名で呼ぶべきであろう。世が世なら、斬られても文句は言えんぞ」

「やかましい。今時、名前を諱と呼んでねぇんだよ。状況をさらにややこしくしやがって。郷に入っては郷に従え。というか関東管領とかここでは意味ないしな。上杉なんて苗字は今時山ほど存在すんだよ。名前で呼ぶ方が分かりやすいわ」

「むぅ。確かに、今となっては意味のないしきたりであるし、身分も役に立たぬか。だがな、こういう形式というのは……」

「黙ってろ。その姫鶴一文字、引っぺがして、溶かして素材に戻していいんだぞ」

「……分かったからやめてくれ。せっかく依り代を手に入れたのに、それはないぞ」

「なら、少しおとなしくしてろ」

結局、この上杉輝虎も自分が出てきて問題ないような、大義名分が欲しかったわけだよ。ビッツの体を乗っ取っても、妖怪や幽霊に取り憑かれたと言って、祓《はら》われたら意味がないからな。

こういうところは、自分にとって都合のいい大義名分を求めたという上杉謙信の逸話と同じだよな。

「私のことは呼び捨てで構わぬが、問題はそこな酒呑童子よ。先ほどの話で、もともとは赤髪の童女だというのは分かった。しかし、あの大鬼はどう説明する？　というか、何をやったらあの大鬼が消えて、あの童女が出てくるのだ？」

「ああ、それは聞きたいです。何やったんですか？」

「そういえば、私もそれは聞きたいな」

「あー、そこからか。そういえば、こっちも聞きたいんだが、輝虎。そっちが現役で生きてた時代に、あんな大鬼とか妖怪類を直接みたことはあるか？」

「ん？　いや、ないぞ。噂で見たのなんのという話は多々あったが、実際見たことはない。今回が初めてだな」

「やっぱりか」

「「やっぱり？」」

「つまりだ。今の日本というか、世界中でこの手の妖怪や魔物がいないのは、世界規模で何か制限がかかっていると思うべきなんだよな」

「妖怪とか魔物が出ない制限？　結界とかですか？」

「まあ、仮定としてはあり得ない話ではないが、あり得るのか？」

「ふむー。確かに坊主たちの守護結界とか胡散臭《うさんくさ》いのはあったがな」

「そこの輝虎。お前も坊主だろうが、何度出家をしたよ。お前」

「あんなもの方便よ。あの時代坊主とて肉や酒、女を好き勝手に食らっておったしな。まあ、全員とは言わんが」

「だろうな。とそこはいい。まあそこで結界を適当に試してみた。文献だけは山ほどあったからな。五行思想とか、般若心経とか、四神方陣とか、思いつく限り、配置してた。それを起動したら、大鬼がいなくなってあの子が出てきた。どれか、当たりだったんだろう。そもそも、あの大鬼が出た時点で、そういう眉唾ものの術が存在していたって証拠だからな。あの子もその手の才能があったんだろうよ。だから、それが祓えたと見るべきじゃないか？」

どれが、あの大鬼を祓うことになったのかは分からん。

だって、本当に色々多重起動したからな。

「テキトウですねー」

「相乗効果があった可能性もあるのか。いや待て、そうか、こうやって世界各地で祓い系の結界がお互いに干渉《かんしょう》しあって、世界的に魔物が出にくくなったのか？　くそ、地球に行けない自分が悔しい‼」

「……なあ。あの老武者は何を言っておる？」

「ほっとけ。一種の病気みたいなもんだ」

研究職病ってやつな。

「そうか。まあ、あの手の類は下手に手を出さぬが吉だからな。で、あの童女の経緯はいいとしよう。で、あとはアレをどうするかだ。斬るのか？　ぐへっ⁉」

物騒なことを言った瞬間、ビッツの頭が揺れる。

いや、チョコの箱が直撃した。

「ひどいこと言わないで‼」

「このクソ女なのです‼」

「サイテーです‼」

「秋天こっちに。あのおばさんは怖い人」

「……いじめる？」

なんかあっちはすでにあんな状態だしなー。

「いじめないわよ。あのおばさんが馬鹿なだけよ」

そう言って出てくるのは、セラリア。

その姿を確認した酒呑童子は、ヒイロの後ろに隠れる。

「……だれ？」

「セラリアよ。あなたのお名前は？」

「しゅてん。秋の天って書いて秋天。かか様がつけてくれた」

「そう。いい名前ね」

なるほど、酒呑もこじつけか。

そりゃそうか、酒飲みの鬼が、毒酒ごときで動きが封じられるかって話だよな。

もともと酒に耐性のない子供だったって話か。

「とりあえず。あの子はうちで保護する」

「まあ、そうですね」

「それがいいだろうな」

「だな。どうりで頼光公が首を道中で供養したわけだ。あのような童女の首を取って何が誇れようか。邪気も感じられんし、私も否はない。おそらくは、あの妙な力と秋の紅葉と見紛う髪であり、女子であったのが、追いやられた原因かもしれんな。京の連中はそういうことは変に気にするからな」

そこは輝虎に同意。

あそこまで、当時の不安を煽《あお》る要素を備えていたらそうなるよな。

「そういえば、女の子に戻ったとたんなんでいきなり泣き出したんですかね？ 荒魂だったんでしょう？」

「確かに、荒魂ならあのまま暴れてもおかしくなかったが、ユキ君が何か投げて大人しくなったな」

「何を投げたんだ。お前」

「あー、簡単。首塚から首というか頭蓋骨とってきてもらった」

無論ルナに。

そういうことで、首をとられた無念もなくなるだろうし、他の四魂も戻って会話できるかなと思ったらこれだよ。

「あー、なるほど」

「どこがなるほどだ。どうやれば首塚に取りに行ける。ここは日ノ本から近いのか？」

近いわけがないが、そんなことを話しても輝虎に理解できるとは思えんから今はパス。

そんなことを話していると、酒呑童子を改め秋天がセラリアに抱きついていた。

「どうしたの？」

「……セラリアから、かか様の気配がする」

「お母さまの？」

「……うん」

「そう。なら、今は秋天のお母さん代わりね」

セラリアがそっと抱きしめると、秋天は思い切り泣き始めた。

「さみしかった!!　かか様がいなくなってからずっと!!　ひぐ、えっぐ!!　遠呂智《おろち》母様!!」

「大丈夫。もう、大丈夫よ」

そう言ってセラリアが優しく撫でているが、俺たちはそうもいかなかった。

「えーと。ユキさん。今……」

「言ったな。遠呂智母様と」

「つまり、なんだ。あの童女の母はかの伝説の八俣遠呂智ということか？　いや、酒呑童子の親が遠呂智？　確かそんな文献があった気がしたな」

……あったな。

伝承では逃げ延びた、八岐大蛇が富豪の娘を孕《はら》ませたとかあるが、捨てられた子を拾って育てたなんてのも普通にありそうだ。

「まあ、色々と腑に落ちんが、かの大蛇の娘ならあの容姿に、力は納得だ。しかし、水神でもある遠呂智の娘をようまあ、手にかけようと思ったものだ」

「でも、なんでセラリアさんから八岐大蛇の気配が？」

「さあ、勘違いということもあるだろうが、それを今言うのは無粋だろう。というか、うかつに言うわけにもいかん。敵対することになりかねん」

3人がそう話し合う中、俺はセラリアから八岐大蛇の気配がするというのには、一つの答えが導き出されていた。

適当に、結界を組む中で、八岐大蛇の話も見つけて、色々現物を取り寄せたせいだろう。俺の手伝いをしていたセラリアにその気配が移っていてもおかしくない。

……そう思いたい。

これ以上の厄介はいらないからな。

はぁ、まとめがめんどい。

第467掘：秋天と童子切

Side：ユキ

とりあえず、大きな爆弾、酒呑童子こと秋天を匿ったので、いったん日にちを空けた。

その場で色々やると、ノゴーシュが秋天を威嚇して、どうなるか予想が付かないからだ。

まあ、幸い、秋天はセラリアにべったりでおとなしい。

『ほら、秋天。新しいお父さんですよー』

『とと様？　秋天、とと様いない。でも不思議、かか様と同じ気配がする。かかとと様？』

なんやねんその新生物。

俺にもなついてくれるのでありがたくはあるのだが。

ああ、素直に指定保護は受けてくれたので、表面上は大丈夫だ。

しかし、元が大妖怪だから、あっさり破られても何も俺は不思議に思わないけどな。

『ままー？　だれだれー？』

『サクラ。新しいしゅてんお姉さんよ』

『しゅておねえ？』

まだ2歳とちょっとで、言葉はおぼつかないが、それなりに娘たちは意思の疎通ができるようになってきた。

とても可愛《かわい》い。
『そ、おねえ』
『かか様。その子、かか様に似てる』
『そうよ。私の娘でサクラって言うの。秋天の妹よ』
『いもうと……。茨木と同じ？』
やっぱいたのかよ茨木童子⁉
あれも、女鬼とか言う話あったよね‼
くそー半端に事実な逸話が恨めしい‼
『しゅておねえ‼』
『うん。サクラのお姉ちゃんよ‼』
『おねえ‼　あそぼ‼』
『かか様？』
『ええ。サクラと遊んでくれたら嬉しいわ』
『……サクラ。何して遊ぶ？』
『みんなとー』
『みんな？』
そんな感じで、秋天は子供たちの頂点。長女として、君臨することになった。
君臨って言い方が悪いな。

普通に、子供たちもお姉ちゃんと認めて、微笑ましく一緒に遊んでは、寝ているのだ。

「しゅて、おねえ」

「んー。サクラー」

今は遊び疲れて寝ている。

外見的な大きさはヒイロより少し上ぐらい。

中身は下手するとヒイロより下かもしれない。

よくもまあ、こんな子供の首を斬ったな。

毒の酒飲まされたのは、秋天じゃなくて、源頼光たちの方だったのかもなー。

今も昔も、汚れ役を押し付けるのによくある手だ。

色々ごまかすのには酒が一番だし。

「よく寝ているわ」

「ん。さすが、我が子。可愛い。もの凄く可愛い」

そういって、秋天たちが寝ているのを眺めているのは、セラリアとクリーナ。

最初から会っていたセラリアはともかく、クリーナがなぜこのように我が子と言っているかというと。

秋天を連れて帰ったとき、運命の出会いを果たしたと言っておこう。

あの処刑日の護衛は物理重視だったので、リーアとジェシカで、クリーナ、サマンサの魔術チームは待機してもらっていたのだ。

で、クリーナの容姿は赤髪のショートカットで、炎系の魔術が一番得意。

そして、秋天も同じように秋の山のごとく染め上げた赤髪で、炎の術の化身といわれたほど。

つまり……。

『本物のかか様‼』

『生き別れの我が子‼』

と、シンパシーを感じたのか、ひしっと抱き合って、生みの親と秋天が思い込み、クリーナもそれでいいのか否定せず、そのまま受け入れた。

気が付けば、秋天の生みの親はクリーナということになって、クリーナの子供に収まった。

いやー、さすがに学生のクリーナに子供は無理があるだろう。

というか、クリーナの爺さんひっくり返るぞ？　と思ったが、養子をとることはままあるらしく、特に問題はないらしい。

ちゃんと養えるのであれば、だが。

そこは、クリーナの給料でもどうにでもなるし、そもそも俺の奥さんだからそういう心配はいらない。

つか、要監視対象だからな。かえって都合はいい。

暴れられる心配はほとんどないというわけだ。

「秋天のことは昨日今日でもう大体わかったわ」

「ん。秋天の心配などいらない。あの子を追いやったクソ共が悪かっただけ。あの子はとても

いい子」

「そうね。もう我が子同然。あなたもそう思うわよね？」

セラリアとクリーナはそう言いながら、俺を見てくる。

簡潔に言うと、秋天をどうこうしようとするなよという釘刺しだ。

「分かってる。秋天はこれでいいよ。問題はノゴーシュだ」

「あの馬鹿がどうかしたのかしら？」

「誰？」

クリーナにはすでに、名前で言っても認識されないらしい。

「剣の神だよ」

「……ああ。アーウィンとか言う人にあっさり斬られた、なんちゃって？」

「……本人の前で言うなよ？」

絶対荒れるからな。

本人は気が付いたらアーウィンに斬られていて、そのあと秋天がこの世に復活できるレベルで魔力の供給源にされたあと、放置されたという経緯があるからな。

……うん。どこに剣の神の要素があるよ？　と言われると俺もなんちゃってと言いたくなる。

「大丈夫。彼には迷惑をかけない」

「あら？　そうなの？　だって、あの男とビッツが今回の騒動の元凶よ？」

セラリアが不思議そうに聞き返す。

「ん。そこには文句があるが、秋天と出会わせてくれたし、実質的な被害はないから、私としてはこれ以上何かしようとは思わない」

「なるほどね。確かに、今回は私たち以外のダンジョンマスターがいたってことを軽んじて起こったようなものよね。あと、嫉妬をこじらせた相手がいるということを甘く見ていた」

「ん。私たちも色々忙しかったとはいえ。ユキに頼りすぎたというのも原因。彼がこれに対処するというまで、放置だった」

「そうねー。確かに人手が足りないとはいえ、諜報《ちょうほう》人員を回すことぐらいはできたわよね」

「ん。私たちも反省するべき点はたくさんあった。ドレッサたちの小さい諜報活動で得られた事実もあったのに、あきらかに私たちの怠慢とみるべき。だから、今回は騒動を大きくはしたくないという意向もあるから、私としてはこれ以上、ノ、ノ、ノゴーチと、ビッツには何か処罰を求めることはない」

とりあえず、クリーナにとってノゴーシュはノゴーチと呼ぶほど印象が薄いのはよく分かった。

まあ、あいつは自滅したって感じだしな。

「処罰云々はランクスのタイキの問題だし、表向きには宣戦布告したわけでもないから、ノゴーシュを勝手にどうこうすることもできないわよね。私としても、忙しかっただけで、実害はないに等しいから何もないわねー。そこのところはどうするつもりなのかしら、あなた？」

「今回、ウィードが実害をこうむったのはロシュールの小物経由で魔術の国、ドレッサたち追いまわし事件だけだからな。そこの長、ノノアとは和解が済んでいるし、あとはノゴーシュと和解できれば、問題はないんだけどな」

だが、そのノゴーシュとの和解が一番難しいんだけどな。

「それは難儀よね。あの脳筋。って、ユキ？　なんで私を見ているのかしら？」

「いや、なんでも」

釘を刺しにくるってことは自覚があるんでしょうが、このバトル大好き嫁さんが。

というか釘を刺しに来たってことは、自分でどうにかしようと思っただろうが。

主に物理的な剣とかで。

「ああ、それで思い出したのだけれど。ノゴーシュと一緒に真っ二つになった童子切はどうなったのかしら？　盛大に叫んでたでしょう？」

「……ああ、あれね」

一番思い出したくないことを。

あの秋天とか、ノゴーシュとか、ビッツ輝虎とか押さえた後に、すぐに確認したのだが、見事に死亡確認。

刀身真っ二つ。

こりゃー、打ち直ししたら別物だよって感じ。

ナールジアさんに「くれない？」とか言われたりしたが、さすがにやれなかった。

折れても、日本の宝。天下五剣の一振りであり、それを知っている俺たちには、……なんとかする義務があるのだ。

幸いなのは、島津一文字は無傷で戻ってきたので、タイゾウさんのデストロイモードは収まっていたが、折れた童子切を見て青くなったのは俺やタイキ君と一緒だ。

とりあえず、回収はしたので、ルナを呼び出したのだが……。

『本当に面白いネタに事欠かないわね。童子切が折れて酒呑童子が復活したと思ったら、ユキが言った頭蓋骨でどうにかなるとわねー。まあ、持ってきた私が言うのも何か変だけど、よくもまあ、新しい顔だよ‼ってネタを思いついたわね。見てておなか痛かったわ』

どうやら、ルナはあの大混乱を見物していたらしく、笑いの種にしていたらしい。

あのクソ駄目神が下手に仕事を頑張ったから？　いや、適当をしたからこんな面倒になったというのに……。

『ああ、折れた童子切なら適当に修復して戻しておくわよ。酒呑童子の荒魂については、八百万の奴らには四人組がどうにかしたといえば納得するしね』

くそー、俺の経歴にまた不本意なことが……。

『ま、大丈夫よ。これで博物館の職員の首が飛ぶとか、よその国に盗まれたとかで外交問題になるようなことがないようにしておくわよ。さすがに、あっちの世界の火種はいらないから。漫画とか映画を見れなくなるのは困るしねー』

くそー。理由が簡単すぎるのがしゃくだが、それだけ評価されている、漫画家や映画監督たちを褒めればいいのかよく分からん‼

「……とまあ、そういうことになったよ」

「……そう。結局、ほぼ童子切奪還については無駄骨だったわけね」

セラリアの言う通りである。

結局、ルナがどうにかしてしまったので、意味がなかったのだ。

はぁ、あの時の緊張感返せよ。

まあ、だからと言って、俺たちが童子切を返しに行けと言われても、そんな根性はありはしないので、今回のことは俺たちの中で封印されることとなる。

……ある意味、ルナの俺たちが地球に戻れないようにするための布石にも見えなくもない。

「ねえ。そういえば、色々予定外のことが起こって忘れてたけど、レイの処刑はどうなったわけ？」

「ああ、あれは延期。トップのビッツ輝虎が捕まった⁉からな。ついでのノゴーシュも。囮としての役割は果たしたし、ちゃんと処罰するのであれば、城に戻ってということになるだとよ」

「そうね。それが妥当ね。ちゃんと正式にビッツとかレイの裁判をしないと、ランクス旧王家を支持していた連中が文句を言うでしょうし、逆にビッツという王家最後の一人も押さえたということを使って、そこら辺をまとめたり、処断するのにはいい材料よね。まあ、ランクスにとってはこれからがさらに問題というわけね」

そういうこと。

ランクスはこれからが問題だ。

ビッツが捕まったことで、ランクス旧王家支持派は最後の希望を失うことになる。

しかし、逆にチャンスでもある。

ビッツやビッツの両親、つまり前国王や前王妃を再び返り咲かせることも立ち回り次第ではできるのだ。

王家の連中は現在のランクスでは隠居という扱いになっている。

謀反で王座を追われてはいるが、命はあるという状態なのだ。

普通は、火種になるのだが、今までやっていたことがことなので、旧王家支持派はとても少なく、周りの国や、大国ガルツもタイキ君支持なので、うかつに文句を言えない状態。

殺してしまえば、復讐という怒りで旗揚げも可能だったろうが、生かされたことで人望などまったくなく、旗揚げすらする能力もない連中なので、ある意味いい塩梅となっている。

そこに最後の一人であるビッツが加わることで、何かしら動きがあるとみるが、あんまり派手なことにはなりそうにない。

ビッツ自身がすでに輝虎と体を共有していて、輝虎の方は、俺たちにやたらと協力的だからだ。

まあ、同じ日本人だからな。

輝虎にはビッツの置かれている状況を詳しく説明して、輝虎がビッツと話し合うとかなんとか言っている。

輝虎としては依り代を失いたくはないから、頑張るみたいだ。

「ともかく。これで、ようやく当面の早急な対応が必要な問題は終わったわけね？」

「そういうこと。年末寸前でようやく終わった……。はぁ、師走というだけあって、すぐにクリスマスとか、年越しの準備とかでウィードは忙しいけどなー」

「いいじゃない。ウィードで子供たちとのんびりできる時間ができたんだから」

「それもそうだな。じゃ、ウィードの仕事を頑張るかー」

どうせ今年も3国のトップが遊びに来るのだし、そこらへんでまた大忙しなんだろうけどな。

嫁さんたちのほとんどは、各部署のトップからは退いているし、ウィードを作った頃よりはマシかな？

まあ、今年のラスボスはノゴーシュやビッツではなく、年末と年越し準備のようだ。

ああ、その前に、今回の顛末《てんまつ》のまとめは必要だった。

はぁ、メンドイ。

第468掘：ランクスの後始末

Side：ノノア

はぁ、なんというか、私は自分が恥ずかしい限りです。

なぜかというと、自分が正しいと思って行動を起こした結果が結局は、上辺だけの噂であり、誰かに使われていたということでした。

相手が、温厚というか、広い度量を持っていなければ、私の国は滅ぼされていたでしょう。

それだけのことをしたのです。

馬鹿と共闘をするということ自体が間違っていたのでしょう。

結局、脳筋、これはコメット様から聞いたのですが、脳みそまで筋肉でできているという意味で、あの男に最適の言葉だと思います。

で、その脳筋はビッツからダンジョンマスターの恩恵を受けて動きだしたそうですが、それも脳筋に恨みを抱いていた、アーウィンという男の策謀で、どのみち私たちの連合は崩壊していたでしょう。

ウィードと対峙する前から、のど元にナイフを突きつけられていたのですから。

「はぁー……」

あの決闘も残念極まりない結果でしたし、脳筋は最初に真っ二つにされた後は、出てきた凄

まじい力を持つオーガに操られる始末。

しかも、その発生源はダンジョンマスターの能力で取り寄せた刀が原因。

救いなどどこにもありません。

「なんで、私はあの男と……」

昔の自分を殴りたいとはこのことでしょう。

まあ、自分の力でなんとかしなければいけないというのが念頭にあったので、ウィードの傘下に入るような形は認められなかったのでしょうが。

「まあまあ、終わったことだし、気持ちを切り替えて、これから頑張ればいいじゃん」

「そう、ですね」

私を励ましてくれるのは、よその大陸出身のダンジョンマスターであるコメット殿。

それでいて私と同じような魔術師タイプでその力は軽く私を超えているでしょう。

同じ魔術師として称賛するべき相手であり、敬意を払う相手です。

「私も、ユキ君にケンカを吹っかけて負けた口だからねー」

「ふふふ……。結局、私は騙しあいには不向きというわけですよね……」

あの時、タイゾウ殿がノゴーシュとの決闘に出ると聞いて、ダンジョンマスターであり他国の繋ぎでもあるあなたが出るのはあまりにも……と進言しようとしたら……。

『あー、ノノアさんや。タイゾウさんもユキ君のダミーだぜぃ？　本物のユキ君はこの前会議で会った若い子だよ』

『え？　あちらがタイゾウさんを守るための影では？』

『うん。見事に騙されてて嬉しい限りだよ。どっちが本物か分かりづらい。まあ、悪意はないんだよ。ノノアの所に本当に本物が行くと思うかい？』

『それは、そうですが……』

『怒ったかい？　私としてはもうばらして大丈夫だと思ったから言ったんだけどね？　私たちとの協力体制は解除するかい？』

『いえ。そちらの言っていることは尤《もっと》もです。これからも……』

　ということで、自分の策謀の小ささも思い知ったわけです。

「まあ、一番の問題はノゴーシュが斬られた後でした」

「だね。あれはやばかった」

　そう、ノゴーシュが倒れた後に出てきた、事前に聞いてはいた酒呑童子というオーガはまさにけた違いでした。

「まったく動けませんでした」

「私もだよ。凄い威圧感だったね。というか、あの時動けたのは、ビッツ、アーウィン、タイゾウさん、タイキ君、そしてユキ君だけだったからね」

「彼らがいなければ、私たちはやられていたでしょう」

「そうだね。そういう意味でも、私たちはユキ君たちについて行くのが正しいかもしれないね。まあいつまでもおんぶにだっこだと、ユキ君は怒るけどねー。彼は色々な意味で先を見ているから」

「いつまでも親離れできない子供はダメですからね。彼の言うことはよく分かります。しかし、あのオーガ相手に動けるようになるのはまだまだ先ですね」

「まあ、あっけないほど簡単に酒呑童子も子供になって、保護したからねー。あの器は凄いと思うよ」

「普通は斬って捨てるべしですね。そこが、私たちと彼らの違いなのでしょう」

「他にも色々問題があったみたいだけどね。身内に加えようってのは、なかなかできる選択じゃないね。っと、ここか」

そんな話をしているうちに、ランクスの城のある一室に着きました。

そこは、兵士が厳重に警備をしていて物々しい状況です。

「えーっと、私はコメット、彼女はノノア、ここにノゴーシュがいるって聞いたんだけど?」

「はっ‼ すでにタイキ陛下がお待ちです‼ どうぞ‼」

そう、私たちがランクスの城に来ているのは、このためです。

あの脳筋を説得するのを手伝えとのことです。

なんで説得を、斬ればいいじゃないかとも思いましたが、今ノゴーシュを失えば、剣の国が荒れるのは当然。

その余波がどう出るかが分からないので、ノゴーシュにはなるべくこちらと和解しつつそのまま剣の国を治めてもらえればというのが、ウィードやランクスの方針だそうです。

まあ、下手に剣の国が荒れると、ウィードに仕掛けた悪行が漏れて、共謀《きょうぼう》していた私の国も危うくなる可能性があるので、仕方なく赴いたわけです。

正直な話、民を犠牲にしていたのはノゴーシュとビッツであり、奴らを救うなどというのは片腹痛いのですが、仕方がありません。

混乱が起これば、それを利用する者が出てくるでしょうし、結局民に一番被害が行くのです。

将来的に、退陣や処刑などの結末はあるでしょうが、今はその時ではないということです。

「あ、来てくれましたか。ノノア様、コメット殿。ありがとうございます」

中に入ると、すぐにランクス近衛隊隊長ルースさんが挨拶をしてくれます。

「いえ。これも民の安寧《あんねい》のためであれば」

「正直。私はなんでここに呼ばれたのか分からないけどねー」

そういえば、コメット様はノゴーシュと直接的なつながりはない。

私の護衛なのだろうか？

確かに護衛なら、コメット様が最適だろう。

私がそんなことを考えていると、奥から出てきたタイキ殿がその答えを言ってくれた。

「それは、今、動けるのがコメットさんだけだからですよ」

「ユキ殿やタイゾウ殿は？」

「あの2人は、現在、童子切安綱の対処についてルナさんと協議中。そういう意味ではこっちでよかったと思うよ。本当に」

「「ああ……」」

そういえば、彼らの故郷で国宝クラスのカタナが破損したのでしたね。それを回収するのが、今回の一番の目的だったのですから、その後始末に回るのが当然ですね。

「なんとなく分かった。私がダンジョンマスターの代表というわけだ」

「まあ、そんな感じです。ついでに、ノノア殿の護衛もありますけど。お弟子さんで通ってるし。ついて行っても問題ないでしょう」

「あいよー。その方向で頑張るよ。でも、あの脳筋が冗談言ったら笑っちゃうぜ？　きっと耐えられないぜ？」

「なるべく我慢してください」

コメット様はあまりノゴーシュに直接的な迷惑をかけられていないせいか、どうも脳筋の言動が冗談にみえて笑えてくるそうです。

……そうですよねー。

彼我の戦力差を考慮せず、馬鹿発言連発ですから、当事者でない限り、何やってるんだ？というレベルだと思います。

……くそっ。なんで私があの男の相手を……。

「まあ、それは彼次第だね。で、様子はどうだい？　目が覚めたんだろ？」

「普通に意識ははっきりしていて、特に真っ二つになったり、燃料にされたりした後遺症はなさそうですよ」

「それはなにより。というか、人間真っ二つになって、燃料にされても無事でいられるもんなんだねー。いやー、人体の神秘」

「そこは、ベースが神だからじゃないですかね？　ほぼ完全に酒呑童子の配下になってましたし、そこから復帰は人にはできそうにないですけどね」

「いやー、案外わからんよ。私だってリッチだしね」

「コメットさんは特殊な部類ですよ」

そんなふうに和やかに会話をしているのですが、私としては、ノゴーシュの詳細を聞きたいので、口を挟《はさ》ませてもらいました。

「すみません。ノゴーシュの意識ははっきりしていて、私たちというか私が呼ばれたということは、その……」

「ええ。現状を納得していないようで、もう一度勝負させろとか、ちょーっと話にならないんですよ。私に手を出せば、ノノア殿が黙ってないとか」

あんのクソがー。

私の立場が悪くなりそうなことを言いやがって‼

そういう意味でも私が釘を刺しておかないと面倒なことになりそうですね。

「こりゃー、私は笑えってことかね？」

「だから我慢してください。ノゴーシュとの話をこじらせたら、面倒なんですから。一応、表向きにはいまだレイの処刑に立ち会っただけなんですから」

「あ、そういえばレイはどうなったのさ？　さすがにあの女を食い物にしているクソ野郎は私も嫌だからね」

「レイの方は、こっちに戻ってくる途中で脱走を図って、待機していたスティーブたちの部隊に捕捉されてパーンですよ」

「おや。捕縛しなかったのかい？」

「あれを、表向きに処刑すると旧王族派を煽りますからねー。生かしておいても同じですから。逃げたってことにして、実際は死んでいるってのがありがたいですね。逃げてくれたおかげで、その旧王族派を手引きや今までの疑いで捜査できますし」

なるほど。

表向きは逃亡ということにして、殺しているのですか。

悪辣な気もしますが、それで敵対勢力を引きずり出したりできるのは美味しいです。

普通は逃亡されたという事実は失態となるので、隠蔽するのが当たり前なのですが、こういうやり方もあるのですね。

「なるほど。生きてるかもしれないってのが、タイキ君にとっては利点なわけか」

「そういうことです」

「で、そういえば、今回の敵の片割れはどうなったんだい？　旧王族派を煽るにはあれがレイを超えているだろう？」

「ビッツは微妙なんですよ」

「微妙？」

「ほら、上杉輝虎が体を使っているんで、今、ビッツと輝虎の2人で同居しているようなもんなんですよ」

「でも、輝虎は、刀の方が本体なんだろう？」

「依り代を失いたくないので、処刑を避けるためにビッツを説得しているみたいで、結構素直なんですよ」

「ああー。そういうことか。従属の意思があるわけだ」

「ええ。反発されるなら、さっさと奴隷《どれい》にでも落として、どっかの下働きで世の中の厳しさを教えるというビッツには一番の拷問で手を打てたんですけど……」

「こっちの言うことを聞くなら、ビッツを経由に旧王族派をまとめられるかもって欲が出てきたわけだ」

「そういうことです。その提案をしてきたのが輝虎ですから、なお厄介ですよ」

「へー。意外と策士じゃないか」

　ふむ。

　ビッツを乗っ取ったという人物がどの程度の人かは知りませんが、今の話を聞く限り、ノゴーシュよりは、話が通じそうですね。

「ま、というわけでビッツの方は、もっと話し合いですね。で、ノゴーシュはその話し合いの

段階にもなっていないわけですよ。ビッツというか、輝虎も説得に当たっているんですけどね
ー」

「そりゃー厄介そうだ。ノノア、頑張れー」

……くそー。

一番問題を長引かせているのはお前か。

「とりあえず。ノゴーシュと一度会いましょう」

「じゃ、お願いします。こっちですよ」

そう、まずはそこからだ。

そしてタイキ殿に案内されて、縛られているノゴーシュを視界に捉える。

「おおっ‼　無事だったか‼　ノノ……」

ドガン‼

奴が喋りきる前に体が動いていた。

こう、半身をひねって、右足に勢いをつけて、奴の頭に蹴りを叩き込む。

これでも、魔力がなくなった時でも戦えるように体は鍛えているのだ。

まずは、お前に踊らされた仕返しを入れさせてもらうわ。

なぜか後ろからは、拍手が起こっていた。

落とし穴80掘：鍋の戦い冬の陣

Ｓｉｄｅ：ユキ

さて、色々せわしなく動いていると、気が付けば、寒くなったり、年末が近づいていたりして、師走というにふさわしいなーと思う、今日この頃ではある。

まあ、世の中を二十年とちょっと生きていると、もうこの時期かーという感じだ。

子供の頃は、もうすぐ冬休みだーとか、クリスマスだーとか、お正月でお年玉ひゃっほい‼とかあるだろう。

大人になると、日々仕事なだけであり、一人ぐらしをしていると、いちいち実家に帰るのも面倒になる。

年末もただ忙しい時期だけ、というぐらいにしか感じられないが、それでも季節を感じさせることがある。

それは、食べ物だ。

人が日々生きていくうえで必要不可欠な物であり。

人類が遥か古代から今日まで常に研鑽を重ね、積み上げてきたモノである。

それは、別の捉え方をするのであれば、人類最古の学問といっていいだろう。

食べるということは、生きるということ。

そして、それを栄養補給の作業ではなく、美味しさや、美しさを追求し、楽しく食べるということに発展させた。

さらに、食べ物は季節で採れる食材や、気候によって様変わりする。

そう、極端な話になるかもしれないが、人は食べ物によって季節を感じるのだ。

「まあ、そうだな。確かに、食べ物で季節を感じることは多々あるな」

「そうですねー。学校の帰りに、石焼き芋の販売があったりってのは冬の定番ですよね」

俺の話に耳を傾けながらそんなことを言っているのは、タイゾウさんとタイキ君だ。

「しかし、ユキ君。よかったのかい？　鍋とは言え、食事に招待してもらって」

「俺も嬉しいですけど、奥さんたちや子供さんとのんびりやらなくていいんですか？」

「毎日ってわけじゃないですからいいですよ。というか、ここに日本人3人がそろったから、色々な鍋を作るのもありじゃないかなーと思っているわけですよ。鍋自体は嫁さんたちはもう何度か食べているんですけど、俺のオリジナルだけでしてね。色々作ろうにも、俺一人だけしか知らないから大変で」

「なるほどな」

「あー、そりゃあの大人数ですからね。種類を絞《しぼ》るのが正しいですよね。で、今回は分担ができる俺たちがいるってことですか」

「そういうこと。まあそれでも、一人一種類が限界だろうけどな」

「多すぎると全員が味見できなくなるからか。なるほどな。これは私やタイキ君の鍋への知識が問われるわけだ」

「へ？　知識？」

「そうだ。鍋とは昔から庶民が食べるものだった。お偉方は仕来りが大事であり、個人個人の膳に盛り付けが基本だったからな。皆で鍋を囲むという行為は下賤のモノ。つまり、鍋とは庶民とともに発展してきた料理と言っていいだろう。それを披露するということは、今までの己が得た経験でうまいと思う鍋を作るということ。知識がなければできないだろう？」

「お、おぅ……」

　タイゾウさんの熱い説明に若干《じゃっかん》引き気味になっているタイキ君。

「タイゾウさんは鍋将軍だったりしますか？」

「ん？　いや、師が鍋将軍だったな。鍋に入れる順番をしっかり説明されて、食べ頃の時に食べろと」

　そりゃー、さぞ窮屈だったろうよ。

「まあ、私はそこまでとやかく言う気はないから、自由に作っていいと思う。で、ユキ君やタイキ君はどんな鍋で行くつもりだい？被るのはやめたいからね」

「そうですねー。そういえば、ユキさんが今までふるまってたオリジナルの鍋の種類ってなんですか？」

「えーと、味噌ベースの昆布鶏出汁タイプかな。具材は野菜と鶏肉だな」

「ふむ。それなら、私は味噌の魚かな。いい味になるし海の幸だ」

「あー、いいですね。じゃ、俺はすき焼きかなー。分かりやすい違いだし、水炊きとかはユキさんと被りそうだし。あ、ユキさんは今回の鍋は種類は変えるつもりですか？」

「いやー。二人の話を聞いていると、俺は今までと同じものがいいかもしれないと思っていた」

「そうだな。万が一、私やタイキ君の鍋が口に合わなかったときに安定したユキ君の鍋があれば、くいっぱぐれることはないだろう」

最初は俺も、今までの鍋とは違うのを考案していたけど、タイゾウさんのいう通り、2人の作る鍋が口に合わない可能性もあるから、俺は安定した同じものがいいだろう。

まあ、すき焼きはともかく、魚鍋は味噌ベースみたいだし、あら汁系に似ると思うから、嫁さんたちが嫌いとは思えないけどな。

前、海であら汁作ったときは、動けなくなるまで食ってたし。

ということで、男3人で、スーパーラッツにやってきたわけだ。

そういえば、タイキ君やタイゾウさんとこうやって買い物に行くのは初めてだよな。

タイキ君はともかく、タイゾウさんは第二次大戦の最中からだし、こういうのは大丈夫なのかなーと思っていたんだが。

「これと、これと、これだな」

迷いなく、カートに必要なものを入れていた。

かなり慣れている感じがする。

「慣れてるんですね。昔もこういうのはあったんですか？」

俺が言う前に、別方向から現れたタイキ君が言ってくれた。

「いや。ここまで立派な店はなかったな。だが、人は慣れるものだよ。というより、店主との値下げ交渉もしなくていいから、そういう意味では気が楽だ。まあ、もとより私の家は自給自足に近かったからな」

「そうなんですか」

「この店については、ヒフィーさんに連れられてよく来るしな。そういう意味でも慣れているのさ」

なるほどな。

夫婦仲睦まじいことで。

さて、俺も野菜を選ばないといけないし、隠れて聞いている理由もないので、合流する。

「やあ、ユキ君も野菜選びかい？」

「ええ。そうですよ。2人もそうですか？」

「ああ」

「そうですね」

「じゃあ、共通で使う物もあるでしょうし、合わせて買いましょう」

そこで白菜とか、三つ葉とか、意外とは言えないが、タイゾウさんはあら汁に大根を入れる派みたいだ。

味噌汁にもやしや、キャベツ派もいることだし、特に驚くことではない。

大根は味が染み込む具材の一つなので、こういう煮込み系の材料としてはよく入る。

あとは、えのきや舞茸、椎茸などのきのこ系。風味がよく、鍋にもよく合う。

「でも、すき焼きは素があってよかったですよ。さすがに出汁は作れないですから」

「すき焼きかー。できないことはないだろうけど、難しそうだよな。醤油に砂糖、みりんとかのバランスがなー」

「すき焼きは砂糖を使うのか。聞いたことはあったが、食べる機会はなかったからな。楽しみにさせてもらうよ」

「はい。楽しみにしててください」

そんな会話をしながら男3人で買い物を続けていると、ヒフィーとばったり出会う。

「あ、タイゾウさん」

「やぁ、ヒフィーさん」

「みんなでお買い物ですか？」

「ええ。今日の鍋の買い物ですよ。ヒフィーさんはどうして？　今日は一緒に食べる予定でしたよね？」

「私はコメットに頼まれたお菓子ですね。私の分もなくなってしまいましたので」

「なるほど。でも、今日は私たちが腕を振るいますから、お菓子はほどほどに」

「はい。楽しみにしてます。コメットもちゃんと連れて行きますから。頑張ってください」

そう言って、さっさと別れる2人。

「なんというか、丁寧ですね」

「そうだな」

「そうなのか？」

「いやー、うーん。聞かれると自分としてはよく分からないですけど、こうもっと軽いイメージが」

「そうですね。俺の方は嫁さんたちとは気軽ですし、タイゾウさんとかはこう亭主関白とかのイメージがありました」

「ああ。確かに、妻は男を立てるべし、というのは分かる。が、そういうのは女性に負担をかけるばかりだからな。もともと研究などで迷惑をかけているんだ。こういうところは気を使わなくてはな。敬意ぐらい払うべきだろう」

「まあ、仲はよさそうですし、いいと思いますけど」

「それぞれってことだなー」

夫婦の形も人それぞれということ。

「さて、あとは締めのごはんはあるとして、うどんだな」

「そうだな」

「すき焼きはうどん一択ですけどね」

「そうなのか？」

「すき焼きはご飯を片手におかずみたいに食べることもあるから、締めにご飯ってのはあまりないですね」

「そうなんですよ」

「なるほどな」

「あ、卵忘れてた」

「ああ、すき焼きには必須だな」

「必須なのか？」

「うーん。これは諸説あるんですが、熱い具を冷ますため、あとは味が濃いのでそれを薄めて卵といい感じの味になるそうです」

「ほー。それはますます楽しみだな」

こんな鍋談義をしながら、清算を済ませて、旅館に戻りせっせと鍋の準備をする。

いつの間にか大所帯なので、食事の準備も一苦労だ。

こうやって、地球の料理を再現するときとかなお大変なので、こういう日本人メンバーで料理するのは案外ありかもしれないと準備しながら思った。

毎日はダメだが、たまにはいいだろう。

月一ぐらいのペースでやってみようかな？

ま、まずはこの鍋パーティーを成功させてからだな。

「お兄ちゃん。お手伝いにきたよー」

「兄様。手伝うのです」

「今日はお鍋ね」

「ユキさん以外のお鍋って楽しみですね」

そういうのは、アスリン、フィーリア、ラビリス、シェーラ。

そして、その後ろから首を傾げているのは……。

「お鍋？　ですか？」

「お兄、それって食べ物？」

「たぶん、あの鍋に入ってるのがって、何も入ってないわね？」

ヴィリア、ヒイロ、ドレッサである。

この3人は鍋は食べたことがないので不思議がっているが、アスリンたちはせっせと準備を始める。

「さ、お野菜を持っていくのです」

「お鍋は兄様が持っていくから、私たちは材料なのですよ」

宴会場に持っていく野菜やお肉の盛り合わせを持っている2人を見てさらに首を傾げる3人。

「え？　でも、調理していませんよ？」

「そのまま食べるの？」

「よく分からないわね」

「それは、晩御飯でのお楽しみね。さ、私たちはコンロの準備ね」

「はい。そうしましょう」

ラビリスとシェーラが首を傾げている3人を引っ張っていく。

その間に俺たちは出汁の準備をして、晩御飯を迎える。

鍋を知っているメンバー、主に俺の嫁さんたちは臨戦態勢だが、鍋という存在を知らないヴィリアたちや、アイリさん、ヒフィー、コメットはきょとんと鍋を見つめていたが、目の前で材料を入れて煮込み、匂いが漂ってくるとそわそわし始める。

そして、ついに鍋の蓋が外され……。

「「いただきます‼」」

鍋をめぐる戦いが始まった。

それは熾烈を極め、俺の鶏鍋、タイゾウさんのあら鍋、タイキ君のすき焼きは瞬く間になくなり、追加の援軍具材を投入したが、敵の攻勢にかなわず、陥落《かんらく》。

奥の手の締めも平らげられた。

「……も、もう、食べれないです」

「……お、なか、が」

「……は、吐きそう」

そう言って倒れているのは、ヴィリア、ヒイロ、ドレッサの子供組。

大人組は……。

「「かんぱーい‼」」

これからが本番である。
ま、これは冬の醍醐味《だいごみ》だよな。

落とし穴81掘：クルシミマス（誤字にあらず）

Side：スティーブ

ああ、今日も仕事が終わるっす。

なんで、仕事が終わるっすか？

なんで、時間はすぎるっすか？

どうして……と、おいらはそう思わずにいられなかったっす。

「なーに、ぶつぶつ言ってんだ？」

「どうしたべ？」

「ほっとけ。どうせ、また女にフラれたというのは正しくないか、相手にされなかったんだろ」

スラきちさんとミノちゃんは、相変わらずおいらを気遣ってくれる優しい心の持ち主っす。

しかし、ジョンとかいうベジタリアンオークのクソはどんどん心を失っているっすね。

いや、仕方ないっす。

きゅうりばっかり食べてるから、きっと脳が退化してるっすね。

このまま家畜に戻ったらいいんじゃないかと思うっす。

「おいこら、ケンカなら買うぞ」

「外でやれよな。部屋がぐちゃぐちゃになるから」

「ケンカはよくないべよ」

「……というか、声に出してたっすか？」

「「「うるさいぐらいに」」」

「すみません」

まあ、そんなことがあり、俺は一応人生相談を兼ねて、この3人？匹？と居酒屋へ向かうため街へ繰り出した。

ウィードではすでにおいらたちが出回ることで驚く住人はおらず……。

「お、スティーブ。あがりか。お疲れー」

「スラきちさん。今日も子供のお世話ありがとうございます」

「ミノちゃん。助かったぜ。明日はおごりで飯でも行こう」

「お、ジョン。この野菜、どう思う？　お前の舌が一番確かだからな」

なーんて、声をかけられつつ、街を歩く。

ケンカを売られるのは、冒険者区ぐらいだ。

ああ、交易区も驚く人はいまだにいるっすね。

まあ、新しい人たちが入ってくるから当然っすけど。

そこはいいとして、現状、おいらたち魔物は普通にウィードに受け入れられているっす。

大事なのは言葉を交わし、相互理解を図ることっすね。

そういう意味でも、おいらたちに街の警備を一任した大将のやり方は正しかったというべきっすね。

「へい。いらっしゃい。って、スティーブさんたちかい。今奥の大部屋空いてるよ。ミノちゃんさんもそこなら平気だ」

「いつもありがとうだべ」

「気にするなって。ミノちゃんさんにはいつも助けられてるからな」

ミノちゃんさんはいったい仕事で何やってるんっすかね？

出会う人、出会う人、お礼を言ってくるっす。

いや、警備だから、こう人助けみたいなことだろうとは予想がつくっすけど。

「じゃー、生を4つで」

「あいよ。生4‼」

「あとは、焼き鳥を20本適当に」

「あいよ。少々お待ちください」

席に着きつつ、とりあえずささっと注文をすませる。

そして、生がすぐに届き、軽いつまみもついてくる。

「さて、話もあるだろうが、まずは……」

スラきちさんが触手のように体の一部を伸ばし、グラスをつかむ。

おいらたちもグラスをもって……。

「かんぱーい‼」

「「「かんぱーい‼」」」

一気に生を流し込む。

「ぷはー‼　仕事終わりの一杯はいいねー」

「だべな」

「癒《いや》しの瞬間だ」

「そうっすねー」

どこの世界でも共通。

仕事帰りの一杯はうまい。

まあ、お酒や付き合いが苦手な人は違うっすけどねー。

そういうことがない分、おいらは恵まれてると思うべきっすかねー。

「はぁー」

そう考えてもやっぱりため息が自然と出る。

「ふーん。飲んだだけじゃ気が晴れないみたいだな」

「いったいどうしたべ？　仕事が終わるのが嫌みたいなこと言ってただべが？」

「そういやそうだったな。お前はさぼりたい派だろ？　なんでそんな言葉が出てきた？」

「あー、そうっすね。そのためにここに来たっすね」

とりあえず、どう話したもんかと思っていると、コールからメール連絡が届く。

それを見て、おいらは気がさらに滅入るっす。

「ん？　メールがどうかしたのか？」

「誰からだべか？」

「見るぞ？　えーと……、アルフィンさんからじゃねーか」

そう、メールはアルフィンからっす。

『いつ帰ってくる？』

と、書いてあるだけっす。

「なにかその内容が問題なのか？」

「アルフィンさんも聖剣使いの使命から解放されて、元気そうでよかったべよ」

「スティーブと仲良くやってるんだろ？　よかったじゃねーか。お互い合意であれば、ユキ大将も文句は言わないだろうしな」

ジョンの軽いからかいの入った言葉に、おいらはまともに反応することなく……。

「だったらよかったっすね」

と返事を返すだけで精一杯だったっす。

「……？　何か問題でもあるのか？」

「アルフィンさんが？」

「まさか、あの人は結構真面目でウィードにかなり馴染んでるって、コメットさんが言ってたぞ？」

「それが問題なんすよ」

そう、それが問題っす。

彼女は、色白でスタイルがよく可愛いタイプっす。

今までの陰鬱な生活から脱するように、ウィードで元気いっぱいに動いているし、ご近所の評判もいい。

家事もできるし、理想の彼女と言っても過言ではないっす。

「どこにも問題があるようには見えないけどな」

「だべ」

「聞いた通りの内容だな」

「問題はここからっす」

馴染んでいるからこそ、彼女は自分のやりたいことがやれたっす。

誰かと話すことも、自由に出歩くことも、向こうの大陸じゃ魔物使いとして追い立てられたっすからね。

何をするにも制限が付いていたっすよ。

聖剣使いになったあとは多少は改善したっすけど、内乱が起こって裏で細々と過ごす生活。

挙句、ヒフィーにコアを埋め込まれて軽い催眠状態。

だからこそ、アルフィンはこのウィードに来て、ある欲望を爆発させたっす。

「なんだよ。その欲望って？」

「なんかまずいもんだべ？」

「あまりやばいなら上に報告だろ？」

「違うっす。アルフィンは甘いものを作って食べることが至上と考えているっす」

「「はぁ？」」

甘味というのは、この世界において、基本となる砂糖の生産量がかなり乏しく、いまだ嗜好《しこう》品《ひん》の一つっす。

このウィードを除いて。

そう、ウィードでは大将のＤＰ交換能力や、土地の改造で砂糖の安定供給が行われているっす。

つまり、アルフィンの欲望を遮《さえぎ》るものは何もなかったたっす。

ウィードでおいらが預かってから一か月は、毎日の食べ物はおいらが用意するもの以外はお菓子だったたっす。

「……え？　ギャグ？」

「さすがにそれはないべー」

「いや、まあ一か月ぐらいはそうじゃないか？　手ごろな価格だし。女性は食が細いっていうだろ？」

「ああ、そう言われるとそうだな」

「納得だべ」

「ふふふ……。それで終わりじゃないっすよ。スーパーラッツの既製品を食い尽くしたあとは、自分で作り始めたっす。そうなると、味見役がいるっすよね？」

「「「……」」」

3人は顔を見合わせてまさか、という顔をしているがそのまさかっす。

アルフィンの甘党は加速し、毎日のお菓子摂取量が増えたっす。

最初はおいらも、初めてのお菓子作りだしーと思っていたっすけど、そんな生半可なモノじゃなかったっす。

毎日必ず食後にデザートが付くようになったっす。

お昼のお弁当がお菓子になったっす。

朝食がケーキになったっす。

グラドは嫌気がさして、学校に入り浸って飯を食って戻ってくるようになったっす。

つまり、おいらがお菓子消費役になったっす。

もう、お菓子を見たくない一歩手前っす。

「そりゃー……」

「止めるべきだべ」

「だな。体を壊すんじゃないか？」

「いや、そこまでじゃないっす。さすがにおいらもやばいと思って、止めたっすよ。話を聞いてちゃんと量も調整するようになったっす。弁当お菓子も元に戻って、グラドも戻ってきたっす」

「なら問題がないじゃねーか」

「なんで帰りたくないとか言ってるべ？」

「関係があるのか？」

「あるっすよ。もうすぐ年末ということは、ウィードでは年越しイベント前に、お菓子大量消費イベントがあるっすよね？」

そう、どこかの生誕祭なのに、リア充を大量発生させる悪しき文化と化しているあのイベントっす。

まあ、今年はアルフィンがいるっすから特に文句はないっすけど、別の意味で問題が出てきたっす。

「クリスマスのお菓子を作ってるのか？」

「ああ、なるほどだべ」

「我慢してた分、多いってやつか？」

「そうっす。ここ数日、学校の子供たちに配るお菓子とか言って色々作っては、おいらとグラドが消費役になっているっす。グラドはすでに、学校に逃げたっす」

「「あー……」」

そこでようやく納得した3人。

「つまり、さっきのメールはいつ帰ってきて、お菓子を食べてくれる？　という意味か」

「そうっすよ」

「毎日は……さすがに胃がもたれるべな」

「なるほどな。じゃあ、俺たちが行って消費を手伝えばいいだろう」

「おお、ジョンの癖にいい案っす」

「癖には余計だ。まあ、一応連絡は入れとけ。スティーブだけに食べて欲しいとかあるかもしれないからな」

「そんなことないっすよ。彼女はまだまだ、外の世界を知ったばかりでそんなことに興味が向く状態じゃないっすよ」

だからこそ、ある意味生殺しっすけどね。

ま、さっそく連絡を入れておくっす。

味見でスラきちさんたちが手伝ってくれるとメールすると、すぐにＯＫが出た。

用意に時間がかかるというので、居酒屋でそこそこ飲んで時間を潰したあとに、家に帰ると……。

「あ、おかえりなさい。みんなのケーキありますから、感想聞かせてくださいね」

そう笑顔で言って、おいらたちの前にワンホールのケーキが置かれていた。

「色々ケーキ作ってみたんです。みんな食べますよね？」

そう、一人ワンホールずつ。

「「……」」

舐めてたっす。

まさか、一人一つずつホールケーキを用意するとは……。

「私はこのフルーツミックス食べますから」

そう言って一人でガツガツとワンホールのケーキを食べ始める。

クソ、おいらたちは協力すると言った手前、ワンホールケーキを切り分けて、交換してなんとかその日を乗り切った。

そして、それから、職場にケーキやお菓子を持ってくるようになるアルフィン。

当初は部下たちに分けていたが、それが一週間も続くと、アルフィンが来るたびに固まり、姿を隠すようになる。

手伝うと言ったおいらたちは逃げるわけにはいかず、なんとかケーキを消費する日々。

「あと数日でクリスマスだ。だからそれまで……我慢だ」

「だべ。アルフィンさんにも悪気があるわけじゃないべ。……だから、クリスマスまで」

「そう、だな。それまでは付き合ってやらないと……」

「みんなすまないっす……」

そして、セラリア姐さんがとどめを持って到着するっす。

「ねえ。スティーブたち。クリスマスのケーキ作ってみたんだけど、味見してくれない？」

「「「もう、ケーキはいやだーーー!?」」」

「は？」

以上がおいら、スティーブ、今年のクリスマスというかクルシミマスだった。

落とし穴82掘：いい子にはプレゼントの日

Ｓｉｄｅ：ラビリス

「ふぁー、雪が積もってるねー」

「今年も、雪祭りの練習をするのです」

「うん。がんばろーね」

「じゃ、まずは、大きい雪だるまを作るのです」

そう言って駆け出す2人の後ろで首を傾げているのは、ついこの間、私たちの養子となった、秋天。

「ゆきだるま？」

「うにゅ？　しらない？」

「うん。わかんない。アスリンかか様なにそれ？」

「えーっとね。雪をね。こーやって、丸めて……」

「転がして大きくして、これを二つ作って乗っけるのです。こうやって……」

「おおー」

目を輝かせてアスリンとフィーリアが作る雪だるまを見ている秋天。

彼女は基本的にやんごとない地位に押し込められていたらしく、こういう常識に疎《うと》いみたい。

いや、ウィードの常識はまず普通じゃないわね。

そんなことを考えている間に、素早く雪だるまを一個完成させる2人。

「こうやって、葉っぱとかでお顔をつけて……」

「完成なのです」

「すごい。かか様たち」

「「むふー」」

アスリンもフィーリアも秋天の素直な称賛に満足げね。

「じゃ、一緒にたくさんつくろーね」

「まだ作るの？」

「まだまだ作るのです。この大きい雪だるま一人じゃ寂しいのです。これは兄様雪だるまとして、私たちの分を作ってあげないといけないのです」

「そっかー。わかった。秋天がんばる」

そんな感じで雪だるま作りに参加しようとする秋天を呼び止める。

「秋天待ちなさい」

「なに？　ラビリスかか様？」

「素手じゃ、手が冷たくなってしまうわ」

「秋天は炎を使えるからへっちゃらだよ？」

「それじゃ雪が解けちゃうわ。あと、私とシェーラからのプレゼントよ」

「ぷれぜんと？」

「贈り物ですよ。秋天、ほら手を出してください」

シェーラに言われるがままに差し出した手に、丁寧に手袋をつけてあげる。

「あ、これ……」

「はい。私たちとおそろいです」

「そして、これもよ。秋天じっとしてなさい」

「うん」

今度は私が秋天にくるくるとマフラーを巻いてあげる。

「よし。可愛くなったわね。これでよし」

「ありがとう。シェーラかか様。ラビリスかか様」

「はい。行ってらっしゃい」

「うん。かか様たちの分も作ってくるねー」

そうして、雪の中に飛び出す秋天だけど、思ったより深かったのか、足をとられて倒れてしまう。

「ふべっ」

雪の中に倒れただけなので、特に怪我《けが》もないだろうと、私たちは見守っていたのだが、別の所から秋天を助け起こした人物がいた。

「大丈夫⁉ 秋天‼ 秋天‼」

その人物は慌てて秋天に体調を伺《うかが》うが、激しく揺すっているので……。

「あうあうあう……。がくがくして目が回るー」

秋天は当然こうなるわね。

「あ、ごめんね。で、怪我とかないかしら？」

「うん。冷たかっただけ」

「そう、それならよかったわ。あ、頭に雪が……。よし、取れたわ。でも、これじゃ頭が寒いわね。そうだこの帽子あげるわ。ニット帽よ。ふわふわで温かいわ」

そう言って、帽子をかぶせてあげるのは何を隠そう、ドレッサだったりする。

「あたたかい。お礼はいいわ。ドレッサかか様」

「お、お礼はいいわ。だって、私は秋天のお母さんだからね。子供の面倒をみるのは当然よ。さ、遊んでらっしゃい」

「うん。いってきま……。ふべっ」

「秋天!?」

なんかコントみたいなことを繰り返して、そのまま2人でアスリンとフィーリアの雪だるま作りに参加している。

「ドレッサもすっかりその気になってますね」

「まったく、秋天にあれだけ素直なら、ユキにも素直になればいいのにね」

「それは、なかなか難しいですね」

「難儀な性格ね、ドレッサも。で、他のみんなは？」

「順調にクリスマスパーティーの準備中ですよ。あ、キルエやヴィリアたちは子供たちの面倒をみてますが」

「そう。なら予定通り私たちは秋天と遊んでいればいいのね」

「はい。と言っても、遊んでくれているのはアスリンたちですけど」

「さすがに、この雪の中、あそこまで遊べるのはあの子たちくらいよ」

普段の私なら炬燵に入ってミカンを食べているわ。

あとはユキに抱きついて暖を取っているもの。

「そうですね。さすがにあそこまでの元気はないですね。でも、一つぐらいは作りにいきませんか？」

「なんでまた？」

「明日はクリスマスですし、私たちも記念に一個ぐらいどうですか？」

「そうね。クリスマスだし、それぐらいはいいかもね」

そう。

明日、ウィードはクリスマス。

今年で二度目であり、街も二回目とあって、そこまで慌てた様子もなく、新しくできたイベントを楽しんでいるみたい。

ラッツは商会のトップを退いたとはいえ、補佐として現代表を支えているので、稼ぎ時であることの時期はラッツも忙しいみたいね。

無論、ウィードという国全体でクリスマスというイベントを推奨しているのだから、セラリアとかも普通に忙しい。

そして、ウィード全体のイベントとなると、ウィードの重鎮であるユキたちは必然的にそれなりに忙しくなるのだが、それでも自分たちも楽しむべきといって、ユキを中心に我が家のクリスマスパーティーの準備をしているというわけ。

何よりも、新しい家族、秋天が加わっての初めてのイベントなのだから、流れでプレゼントできるクリスマスというのは私たちにとってもありがたいわ。

秋天だけでなく、他の子供たちにもプレゼントをあげるのだから、こういう日なのだと押し通せるから。

秋天だけを特別扱いすると、あの子は他の子供たちと一緒でいいって言い出すのよね。

『秋天はお姉さん。妹たちの見本になる、いい子を目指す』

こんな感じで、立派なお姉さんを務めるとてもいい子なの。

だから、クリスマスというイベントにかこつけて、秋天をうんと甘やかそうという話になっているのだ。

そして本日、私たちに与えられた任務は秋天をしっかり遊ばせて、夜ぐっすり寝かせること。

その間に、クリスマスパーティーの最終準備を整えて、サンタさんが置いていったという名目で、秋天や子供たちにクリスマスプレゼントをするのよ。

そんなふうに考えながら、秋天たちを見ていると、雪だるまがどんどんできてきて、私たちの家族のように大家族の雪だるまたちが鎮座していた。

「できたねー」

「できたのです」

「これで、雪だるまさんも寂しくないね」

「そうね」

満足げに雪の中で完成した雪だるまたちを見つめる4人。

でも、それを見ている私たちは温かい部屋から見ている分、とても寒そうに見える。

「はいはい。終わったのなら戻ってきなさい」

「温かいお茶がありますよ」

「「はーい」」

そんな感じで、日中は過ぎて、晩御飯に雪だるまを作った話になる。

「とと様。今日はたーくさんの雪だるまを作った。秋天たちと同じようにきっと寂しくないよね？」

「そうだな。えらいぞー」

「えへへー」

ユキに今日のことを話して、頭を撫でられて嬉しそうにしている秋天を見てみんな微笑んでいる。

どう見ても、秋天は私たちの子供だ。

これを否定する奴は殺すわ。

「そんないい子な秋天には、明日はプレゼントがあるかもな」

「プレゼント？　なんで？」

「明日はクリスマスって言ってな。いい子にしてた子供にはサンタさんがプレゼントを持ってくるんだ」

「そんな日があるの？　妹たちも貰えるかな？」

「大丈夫。サクラもスミレもシャエルもシャンスもユーユもエリアもいい子だから貰えるさ」

「そっかー楽しみ。あ、起きてサンタさんが来るのまってる。そしたらすぐに妹たちにプレゼントわたせる」

その言葉に私たちは内心驚いていた。

そんなことをされれば、こっそりクリスマスパーティーの準備ができないわ。

……どうするつもりなの、ユキ？

「それはダメだ」

「え？」

「いい子は夜更かししないもんだ。そして、寝ている妹たちを起こしたりしない」

「あうー。わかった寝る」

なるほど、これはよくある話みたいね。

確かに、プレゼントがもらえる日なんて言われたら、ワクワクして眠れないってのはありそうよね。

こうやって、地球の子供たちはいい子に寝かされてるわけね。

……うーん、大人ってずるいわね。

でも、子供たちのためだから仕方ないわね。

ユキが言ってたもの、夢を与えるための日って。

世の中、子供たちが幸せに健やかに過ごせるように。

あとは、恋人とか夫婦の熱い日でもあるのだけれど、ユキは子供優先よねー。

まあ、これは後で埋め合わせを要求すると、私たち妻の間でちゃんと話が決着しているのでよし。

そして、いざ寝るとなると、秋天はなかなか寝付けないでいる。

今日は子供たちの面倒を見るということで、子供たちの部屋で、私とアスリン、キルエが一緒に寝る日なのだが、ユキの言葉が頭から離れないのか、布団の中でもぞもぞ動いている。

私の隣なので、よく分かる。

「秋天、眠れないの？」

「うん。ラビリスかか様。心配」

「心配？」

「さんたさんが、妹たち全員の分を用意してるかな？　なかったら、秋天が用意しないと

「……」

本当にこの子は……。

これは一人にしていると眠れそうにないわね。

そう思った私は、秋天の布団に潜り込む。

「かか様？」

そして抱きしめてあげる。

「大丈夫よ。秋天はそんな心配しなくていいから。サンタさんはちゃんと準備しているわ」

「……そうだよね。とと様たち嘘つかないもん」

「だから、おやすみなさい」

「うん。かか様。おやすみなさい。……うぐ、おっぱいで息ができない」

「あら、ごめんなさい」

……こういう時は大きい胸が邪魔よね。

子供を長時間抱擁できないわ。

そして、翌朝。

「ラビリスかか様‼　かか様‼」

「……ん？　なに、秋天？　もう、朝？」

気が付けば朝になっていて、秋天の声で起こされた。

と言っても、まだ外は暗い。

「まだ起きるのには早いけど、どうしたの？」

「かか様、たくさんのプレゼントがあった‼」

「あら、そうなの？」

というか、もうそこまで行動していたのねこの子。

いったい何時に起きたのかしら？

「こっち‼　こっち‼」

「はいはい」

他の子供たちはまだ寝ていて、秋天の様子に気が付いたのは、キルエやアスリンだけだ。

私は秋天に連れられて、そのままプレゼントを置いた宴会場へ連れていかれる。

「かか様。あのね、お家になにか気配を感じたから、さっき起きて調べてみたらプレゼントがあった‼」

「そうなの」

きっと準備を終えて気が抜けたメンバーね。

秋天のスペックはとても高いから、感知されないように動くのも練習ってユキが言ってたし。

「ちゃんと、妹たちの分もあって、秋天の分もあった‼　これ‼　これ‼」

「そう。よかったわね」

同じように包装紙にリボンが付いた箱をこちらに持ってくる。

そのリボンに挟むように、メッセージカードが入っていて、いい子の秋天へ。と書いてある。

「……開けていい？」

「ええ」

私が許可を出すと、リボンを引きちぎって、びりびりと包装紙をとり、箱を開ける。

すると中には……。

「うわー。猫さんパジャマだ‼」

そう、今回のプレゼントは新しいおそろいのパジャマ。

他の子供たちがうさぎさんパジャマをおそろいで着ているのを、秋天が少し羨ましそうに見ていたからだ。

あとで、他の妹たちとおそろいと知ったらまた喜ぶだろう。

……そして、子供が大好きなセラリアが猫さんパジャマを着た子供たちを見て、鼻血を出したわ。

相変わらずよね。

第469掘：姫と脳筋の行方

Side：上杉輝虎&ビッツ

「くそっ‼　放せ‼　卑怯者どもが‼」

そう言って叫ぶ馬鹿が横に一人。
はぁ、こんなのがここいらで剣の神と言われる男の姿か。
己の力に溺れ、国に溺れ、相手を測ることができなくなった末の当然の結末。
まあ、戦国の世にはよくある話ではあるが、ここまで見苦しいと腹が立つな。

『でも、斬るわけにはまいりませんわ。彼を説得しなければ、私たちも処刑されてしまうのでしょう？』

うむ。
ようやく理解したな。

『散々、あなたから説明されましたから。服従したふりで、今度こそランクスを取り戻して見せますわ』

そう上手くいくとは思えんがな。
もともと、謀反などはお主らの手腕が悪いせいだ。

『ぐっ‼　ですが、今度こそは成功します。だって、輝虎。あなたがいるのですから』

ふむー。

また、一国一城の主となれか。

頼りにされるのは悪い気はせんがな。

『なら協力してくれますわね？』

さて、それはそれで、お主の目指すものと、私の目指すものが同じとは限らんからな。

お主が現実を見て、同じ目標を掲げられるか心配ではある。

『どういうことですの？』

お主は知らなすぎるのだよ。

いや、お主ら旧王家派がな。

そういうところを教えるのも、体を貸してもらっている私の義務か。

そうしないと、どう考えても、あの連中に消し飛ばされるわ。

まさか、酒呑童子を抑えるとは思わなんだ。

あの男とは時が来るまで、いや、できれば敵にするべき相手ではないな。

『何を言っているのか分かりませんわ。もっと具体的に説明してくださいませんこと？』

お主らが滅んだは必然ということだ。

守るべき民を虐《しいた》げ、勇者という英雄を雑に扱い、他国にそれを出汁に無理を要求してきた。

少し考えればすぐ分かることだろう。

どれほど恨みを買ったと思う？

『……』

そうやって沈黙するのは理解していると取るぞ。

まあ、それも進歩だ。

昔はそれも分からず、他人が自分たちの言うことを聞くのがさも当然で、今の話すら聞かなかっただろうからな。

この道のりにも意味があったというわけだ。

『……私たちが間違っていたと言いたいのですか？』

すべてとは言わんが、結果的に見れば、許容範囲を超えて間違っていたから今のお主たちがあるのだろうな。

人の上に立つ者は少なからず、何かを選び、何かを捨てなければならない。

それは、決して自分が楽できることを選ぶということではないぞ？

いや、誰だって選んで生きている。

どんなに苦しかろうが、それが先につながると思い選ぶのだ。

『ですが、身を切る思いで頑張ったとしても結果が出るわけでは……』

それも当然。

頑張った程度で結果が付いてくるのならば、誰も不幸になぞならん。

だからと言って、現実から目をそらしていいわけではない。

そもそも、人の上に立つ者は民の支持あってこそなのだ。

領民、配下のいない城主など存在しない。

こう言ってはなんだが、税、作物、労働力、これらを生み出すのは民だ。

だからこそ、この財産を守り維持《いじ》するため、人の上に立つ者は民を守り、律し、慈しまなければならない。

それは決して、己の欲望を満たすためだけにあらず。

ただ虐げられるだけでは、何のために領主を仰《あお》いでいるのか分からぬからな。

そっぽ向かれるのは当然だ。

『……王族や貴族がそれでは民に仕えているみたいではないですか』

その発想が問題なのだ。

仕えているのではなく、これは国を維持するための当然の在り方だ。

それを理解できないが故に滅んだと言っておろう。

そして、それを理解しつつあるお主が前と同じような野望を抱けるかという問題があるわけよ。

『そ、そんなことありませんわ‼　私は絶対ランクスを取り戻しますわ‼』

うむ。

その意気やよし。

なにはともあれ、隣の馬鹿を説得しなければ先はないのだがな。

『……ノゴーシュ様はなぜ、あんなに叫んでおられるのでしょうか？』

本人としては、一瞬の出来事だからな。

自身もこれまで、それなりに頑張ってきた口だ。

そうやすやすと認めるわけにはいかんだろうさ。

負けを認めれば、剣の神の名は返上しなければいけないだろうからな。

そういう意味では、奴もお主と一緒よ。

本質が見えておらぬ。

過去のモノに縋っては、先はないのにな。

『では、説得はどうするのですか？』

いったんやめだ。

向こうも、席を外しているのだし、おそらくは他の人員でも呼びに行っているのだろう。

それと一緒に説得すればいい。

まあ、おそらくは斬られる心配はほとんどいらぬだろうがな。

『なぜですか？』

斬るつもりなら、あの時、処刑場で我ら仲良く首が落ちておるわ。

他に狙いがあるのだろうよ。詳しく分からぬがな。

そもそも、最後に私たちの頭を踏みつけて動きを封じた化け物はなんだ？

ユキと言っておったが。

ランクスのトップはあの若造だろう？

なぜ、あの化け物が指揮を最後に取っていた？

『……あの男がウィードのダンジョンマスターですわ。瞬く間に、連合を組み他の神々を圧倒したのにもかかわらず、外に攻めるようなことはしない、民のためと言って和平を試みる変な男ですわ。まあ、表向きはセラリアとかいう姫がトップなのですが』

なるほど。言っていたランクスの協力者か。

あれが相手では負けて当然だな。

だが、お主らの言っていたように、そこまでの邪気は感じなかったがな。

『何を言っているのですか？　化け物と呼んでいたではないですか』

ん？

ああ、悪鬼羅刹という意味の化け物ではない。

あれは、おかしいほどに完成されている。

そういう意味での化け物だ。

『完成？』

うむ。

人というのはすべからく、何かしら得意不得意というものが存在する。

だが、あれはそれが極端に少ないように見える。

ただの感覚だがな。

あれは、本来相手にしていい者ではない。

上泉信綱と同じように、世の理を軽々と飛び越えるのにもかかわらず、己がやりたいことだけをしているのではなく、世の中に留まっている。

それがさも当然のようにな。

『……よく分かりませんわ』

……すまんな。これはどうにも言い表すのに難しい。

あれは在り方がオカシイのだ。としか言えん。

まあ、これから仲良くなって、調べてみることだな。

あの化け物を知らぬまま、ランクス再興なぞ夢のまた夢。

というか、あの化け物を調べぬまま手を貸せと言われても、私は手を貸さんからな。

戦いとは勝てるからするものであって、負けるためにするものではない。

最後の矜持《きょうじ》で戦い抜くのはありだが、そんな場面でもないからな。

『……とりあえず。ユキという男が危険なのは分かりましたわ。と、戻ってきたようですわよ』

ビッツと話しているうちに、出て行った若造が女人を2人連れて戻ってきた。

道中一緒だったノノアとコメットとかいう屍人形だな。

『かばね……とは何ですか？』

ん？　ああ、それは……。

説明をしようと思ったその時、それは起こった。

「おおっ!! 無事だったか!! ノノ……」

と叫んだノゴーシュに向かってノノアがきれいな蹴りを頭に叩き込んだのだ。

ガツン!!

そのまま椅子が横倒しになり、いい音が部屋に響く。

あまりの無駄のないきれいな蹴りに、後ろの若造とコメットは拍手を送っていた。

私も手を縛られてなければ拍手していたな。

それほどのいい蹴りだった。

なんだ、女でもしっかり動けるではないか。

お主がただの鍛錬不足というのが分かったな。

『……ノノア様と一緒にしないでくださいませんか』

様子から見るに、ノノアやコメットは敵についたようだしな。

ま、見ものだな。

『え!?』

どう見ても、捕虜という状態ではないだろう。

「な、なに……を」

「何をじゃないわよ!! あんたとそこの馬鹿姫のおかげで、危うく私の国が亡びるところだったわ!! よくもあることないこと吹き込んでくれたわね!! 大義もくそもないじゃない!! この落とし前どうしてくれるのかしら!!」

そう、大人しそうなノノアから大音声が発せられた。

「お、お前は騙されて……」

「いないわよ‼　ルナ様とも面会したし、アーウィンとかいう奴が出てきた時点でおかしいと思いなさいよ‼　ダンジョンの使い方をちゃんと知っているのかってね‼」

「は？」

「は？　じゃないわよ‼　あんたが言ってたウィードの悪行はまったくなかったわ。そもそも、DPは人を生活させているだけでも手に入るのだから、民の虐殺を行っていたなんてのもないのよ‼　ばーか‼」

「ど、どういうことだ？」

ようやくおかしいことに気が付いたのか、ノゴーシュがダンジョンマスターである私というかビッツを見る。

ちゃんと弁明をしろよ。

私は刀を握ってからしか知らんからな、ダンジョンとかいう在り方はよく知らん。

「えっ⁉　ちょ、ちょっと⁉　あ、えーと、DPはダンジョン内で生物を仕留めなければ得られないのでは？」

そうビッツがしどろもどろに答える。

「それが間違いなのよ。アーウィンが取った方策。あんたたちを暴れさせて、大義名分でぶったぎるためのね。私も簡単に乗ってしまったわ。ダンジョンマスターのお姫様が最初から騙されているんだもの。騙されているとは思ってもいないし、性質が悪いわよね」

「そ、そんな……」

なにをいまさら、あの若武者が敵だったことで勝ち目がないと悟っていただろう？

これぐらいのことはやるだろう。

なにせ師が、上泉信綱だからな。

あれは軍略もできるからな。

まったく、よもや異国であのような若武者を育てあげるとは見事よ。

「で、状況は正しく把握したかしら？」

「ならば、あの小僧を連れてこい‼ 私についてきてくれた民を翻弄《ほんろう》されたままで終われるか‼ せめて一太刀入れてやるわ‼」

「ウィードに仕返しとは言わないのね？」

「もはやそれがかなう状況ではないし、ノノア殿の話が事実ならば、滅ぼす理由がない。剣の神としての矜持はあるが、それも民の安寧に比べれば要らぬ」

ほう。ただの権力に縋りつく愚か者かと思えば、芯は通っていたようだな。

確かに、この男も相手が悪であるとして動いていたからな。

疑心が晴れればまっとうな武人か。

「そう。なら、アーウィンとの再戦はあとで個人的にしなさいな。ウィードやランクスとしての話がまずは先よ」

「……私の首とそこの姫の首をとるのであろう？　ならば私だけにするがいい。姫もあの小僧の私怨に巻き込まれたにすぎん。此度の被害の責任は私がとる。だが、約束しろ。民には手を出さぬと‼」

「まあ、落ち着きなさい。私がなんでこっちに来たのか分かるかしら？　そもそも、私もあなたたちの側だったのよ」

「……それは、私たちを捕縛するために協力したので、無罪放免にしてもらったのではないか？」

「あー、そうね。その見方も正しいわ。でも、それだけなら私が話し合いに来る理由はないわ。大事なのは、あくまでも、今回はあの近衛の処刑とビッツ本人の引き渡しのみ。表向きはね。だから、ノゴーシュの剣の国と事を構えたわけではないのよ？　分かる？」

「……つまり。このまま私がウィードと手を結ぶといえば、何も咎《とが》めはないと？」

「お咎めはあるでしょう。あなたがビッツに取り寄せてもらったあの刀。こちらの勇者王タイキ殿の故郷、日本で、天下五剣、国宝と呼ばれる刀だったのだから。それを雑に扱って、酒呑童子というオーガまで復活させたんだから、そこらへんはみっちり怒られると思いなさい」

「……それでは、ビッツ姫はどうなる？」

「それは私たちの関与するところではないわ」

　そう言って、ノノアは私と若造を見る。

ここからは、お主とあの若造の勝負というわけだな。

なに、任せておけ。
一番厄介な、あのノゴーシュをとりなしてくれたのだ。
あとは、自分でどうにかするわ。

第470掘：まとめ　異世界の侍と剣の神のその後

Side：ユキ

結局のところ、表向きはどの国も平穏なまま終わった。

ただ、所々で役人の汚職が見つかったり、冒険者が凶悪な魔物にやられたとか、罪人の処刑が行われただけ。

「俺の精神力は限界だけどな……」

ペンを止めて、書類を横にずらし、机に突っ伏す。

今回の騒動は、色々な要因が絡まりあって、起こって当然の出来事であったとは言える。

始まりというのであれば、おそらくはこのウィードの発展。

それに乗じて、色々な感情が高まって、爆発した。

国を失った恨みだとか、相手が裕福なことに対する嫉妬とか、与えられた使命とか、正義感とか、まあ、色々だ。

「ユキ、大変なのは分かりますが、執務中ですから」

「頑張ってください」

そう言ってくるのは、ジェシカとリーア。

俺の専属護衛ではあるが、俺の補佐でもあるので、一緒に書類仕事に埋もれている。

今回の騒動は秘密裏に処理がされた。

だからこそ、その指揮を執っていた俺には膨大な書類仕事が回されている。

いやー、いつものことではあるんだけどさ。

「めんどい」

「そう言わずに。ユキ様、もう少しです。ミリーさんも待っていますし」

「ん。秋天に早く会いたいから頑張って」

サマンサとクリーナにそう言われると仕方がない。

俺は一家の大黒柱なのだから、夫として子供の親として頑張らなくては……。

そんなかんじで、気合いを入れて復活して書類仕事を再開する。

えーと、次は消費したＤＰの詳細報告書かー。

これの関連書類どこだっけ？

あ、やべ、タイキ君の所とか、ノノアの所とかは、管理がそれぞれ違うから、頼んで詳細送ってもらわないと。

というか、コメットの奴ここら辺のことちゃんと教えてるのか？

……そうじゃないと、わざわざ向こうに行って調べなおしとかいう悪夢にならないか？

そんな恐ろしいことを思い浮かべていると、ジェシカが口を開く。

「これは、アーウィン関連の書類ですか……なるほど」

「なるほどって、そういえばアーウィンさんって処罰とかはどうなったんですか？」

「リーアさんの言うように、私たちはあまり話すことはありませんでしたし、その後も聞いていませんでしたわね？」

「ん。聞いていない」

「あー、アーウィンなー……」

　そう言いながら、タイキ君とノノアにDP使用の詳細報告書を送れと連絡をする。

　頼むぞー、タイキ君はタイゾウさんもいたからともかく、ノノアはコメットだからなー。マジで頼む。

「あいつはこのまま、今までのダンジョン管理をしてもらうことになった。こっちの言うことには素直だし、害意もない。指定保護も受けたし問題はない」

「え？　ユキ様。もとはといえば、彼の私怨によるものでは？」

「ん。アーウィンが手を貸さなければ、被害は出なかったはず」

サマンサとクリーナはアーウィンの処罰の軽さに驚いているようだ。

「ま、私怨によるものだけど。道具を与えただけだからな。ダンジョンっていう道具をな。本人は見極めの意味もあったらしい」

「見極め？」

「どういうことですか？」

「それで、ノゴーシュとビッツが善政を敷くなら、私怨を晴らす意味もないってな」

「「「ああー」」」

全員が納得した声を上げる。

「なるほど。確かに、剣で人が死んだからといって、剣を作った人が罰せられることはありません。剣を握って斬り殺した人が裁かれます」

「そっかー。言われてみれば当然だ。でもなんでアーウィンさんが悪いとか思ってたのかな？」

「……おそらくは、アーウィンさんなりの罪滅ぼしですわ。確かに道具を使う人の問題ではありますが、個人的には私怨を晴らす相手であって欲しいと犠牲を望んだのです」

「……ん。理解した。無実の人を殺すと分かっていて武器を売るような武器屋は存在しない。あ、利権が色々絡むと分からないか」

「一般人の感覚だから、利権云々はいい。クリーナの言う通りだよ。それをしてしまったからアーウィンは処刑される覚悟で俺たちの前に出たわけだ。目的も達したしな」

アーウィンは自分でノゴーシュを斬るということを達成したので、もう生死はどうでもいいらしい。

私怨晴らしの勝ちはとった、相手のプライドはズタズタだろうし、正直死んだと思ってからの復活だから、もう十分だろうと。

「まあ、俺たちの予定を狂わせたってのもあるが、それを言うなら、もともとビッツを逃がしたランクスや、もっと支援をよこさなかったり、ウィードに反発している国々に外交を積極的に行なって意思疎通を図らなかったこっちも悪い」

「……確かに。一概にアーウィン殿が悪いという話ではないですね」

「難しいですねー」

「だから、こっちとしてはこれから運営の一翼を担ってもらって欲しいと頼んだわけだ。そしたら二つ返事で頷いてくれた。所持するダンジョンの細かい話は後になるが、話を聞く限り、ガルツ一帯とリテア一帯のダンジョンはすべて彼の管理下らしい」

「そ、それは凄まじい情報ではないでしょうか？」

「ん。確かにルルアやライエは自国のダンジョンに他のダンジョンマスターがいるかもしれないってびくびくして、情報収集に躍起になってたはず。というか、それほどのダンジョンを所持しているなら、ユキと同じことができたはず。なぜ彼は行わない？」

「そこらへんは、俺の国の変人のおかげというか、原因というか……」

『ユキ殿と同じような国を？　ははっ、ごめんこうむります。自分の領地を守れず、今まで普通のダンジョン運営しかしてこなかったこの愚物が、師と同じ故郷のユキ殿の真似をしても追いつけるわけがない。ユキ殿より前に思いついていたのなら話は違いますが、あとを追うように作っても、きっと長続きしないうえに、今回のようにユキ殿の反発者が集まり、このダンジョンとぶつかる可能性もあるでしょう。いやほぼ確実でしょう。敵対者を集めるという点では優れていますが、私はただの武芸者ですからね』

「とのことだ」

「……筋が通りすぎていて何も言えませんね」

「……ですわね。敵対者を集めるですか、ユキ様はどう思われているのですか？」

「ありと言えばありだが、裏でつながっているとなるとすげー管理がめんどくさい。命令と言えばアーウィンは従うだろうが、そっちの土地の選定とか、お偉いのとの交渉とか、街の運営の人材を新たに発掘しないといけないぞ？　できるか？」

「無理ですよ。無理‼」

「……このウィードだけで手いっぱいなのにあり得ない」

リーアは叫んで、クリーナが現実的ではないと言う。

俺もそう思う。

「そういうことで、アーウィンにはタイゾウさんに譲ったダンジョンマスター能力を返して、管理を任せている状態。まあ時間ができれば詳しく色々考えるだろうが今はまだそれでいい。タイゾウさんも一応ヒフィー神聖国の宰相みたいなものだからなー。これ以上の仕事はいらないってさ。研究ができなくなるからな」

「あはは……。その、ユキさんたちは大変だねー」

リーアの言う通り、何でもかんでも俺たち召喚者に任せればいいやー、思考は、ぜひやめて欲しいわ。

クソ忙しいだけだから。

お前らのケツぐらい自分で拭け。

俺の本来の目的はもともと各国の安定の先にあるからなちくしょー。

「アーウィンのことは分かりましたが、では、今回の直接的な問題を引き起こした彼と彼女はどうなったのでしょうか？　ユキの言いようであれば、道具を無下に扱い、被害を出した彼らは無罪とはいかないのでしょう？」

「そら当然。ノゴーシュはノノアの説得？でおとなしくなって、和平に応じる形になった。まあ、表向きランクスへの宣戦布告はなかったことになってるしな」

「……なぜ？」

「クリーナ。戦争ってのは、よほどの理由がなければいけないんだよ。ノゴーシュ自体、俺たちが悪であり、これ以上は世界の存亡にかかわると思って、ビッツの情報から判断してノノアとかと協力したわけだ。だけど、その説明を受け入れたとなれば……」

「争う理由は在りませんわね。しかし、ノゴーシュ様もただの脳筋ではなかったのですね」

「そこは意外でもあり、当然だとも言える。曲がりなりにも今まで小国ではあるが維持してきたんだからな。で、ここでノゴーシュを斬ってしまえば当然、国々の緊張感が高まるというか、下手するとだまし討ちみたいになるから、剣の国が弔《とむら》い合戦とか起こしかねない。そこは避けなくてはいけないからな」

「えーと、それだと結局、ノゴーシュはお咎めなしですか？」

「そうだな。和平に応じるってのはお咎めのような気もするけど、実際ノゴーシュから被害は受けていないからな。被害をもたらしたのはノノアの策略と、ビッツのランクス侵攻。これだけだ」

指示を出したと言っても、証拠もないし、それを突き詰めて認めさせると色々問題があるから、追及しないことになっている。

「そもそも、ノゴーシュが上泉信綱に怒るのも無理はないんだよなー」

「どういうことでしょうか？」

「あー、ノノアから聞いたんだが、ノゴーシュと上泉信綱の戦いは、まず舌戦から始まったそうな」

「はい？　舌戦？　えーと、剣の国の闘技場での一騎打ちでしたよね？」

「そう。そこで上泉信綱が禅問答みたいな舌戦を始めて、ノゴーシュが言い負けたそうな」

「……それは、なんと言いますか」

「剣の勝負というか、決闘を汚されたというか、まあそんな感じらしい。そのあとは、怒ったノゴーシュが斬りかかるが、そんな心の状態で当たるはずもなく。刀の峰でちょいっとやられたわけだ。アーウィン曰く、師としては教育のつもりだったのでしょうが、一国の王に公衆の面前でやることではないですよね。って苦笑いしてた」

「「……」」

沈黙する嫁さんたち。

仕方がない、ああいう奇人変人を突き抜けた、天才とかいう奴らに常識を説くというのは不可能なのだ。

どこまでも我が道を行く。

必要なのは受け流す能力。突っかかると、痛い目しか見ない。

だからこそアーウィンも命を取るのではなく、試合に勝てばいいと思ってくれたのだろう。

「そ、それではビッツ姫はどうなったのですか？　いまだに処刑の話は聞きませんが？」

ジェシカが話を切り替えるように、ビッツの話をしたのだが、それが一番問題になっていた。

「正直な話。これは表向きランクスの問題だからな。俺たちは何も言うことはできない。だけど、結果だけを伝えると、ビッツは処刑されることなく、王位継承権放棄《ほうき》でタイキ君の側仕え、近衛騎士みたいなものになった」

「「はぁ!?」」

本日一番の驚きいただきました。

「どういうことですか？　彼女がしたことは到底許されることではないはずです‼」

「そうですよ‼　タイキさんや国の人とか、私たちもさんざん迷惑したじゃないですか‼」

「……ん。タイキを説得して。あのクソ女は即刻処刑するべしと」

ジェシカ、リーア、クリーナは信じられないって顔をしている。

それも当然。あのビッツがした所業は普通なら許されるレベルを優に超えている。

さーて、分かっているのは沈黙しているサマンサかな？

長くなるというか、まあ当然というか……。

第471掘：まとめ　我儘姫と毘沙門天

Side：ユキ

「どういうことですか？　彼女がしたことは到底許されることではないはずです‼」

「そうですよ‼　タイキさんや国の人とか、私たちもさんざん迷惑したじゃないですか‼」

「……ん。タイキを説得して。あのクソ女は即刻処刑するべしと」

ビッツの顛末を知って怒ったのはジェシカ、リーア、クリーナの三人。

無論、ほかの嫁さんのほとんども、彼女たちと同意見だろう。

このビッツの側仕えに最初から納得できるのはおそらく、セラリア、ルルア、シェーラ……。

そして、今沈黙しているサマンサぐらいだろう。

「……サマンサ？　どうして何も言わないのですか？」

「そうだよ、サマンサ‼　あの人のせいでたくさんの人が迷惑したんだよ‼　いや傷ついて死んだんだよ‼」

「ん。サマンサもタイキの説得に行こう。あれを残していてはランクスの未来は危うい。というか、ユキのためにクソ女は殺す」

サマンサは３人からの声を聴くが、３人の顔を見るだけで何も言わず、こちらに向き直って口を開いた。

「政治的な問題ですわね？」

「そういうこと」

「「「？」」」

このやり取りでは分からないみたいで3人は首を傾げている。

「簡単に言いますと、あのビッツ姫を処刑することはできないんですわ」

「どういうことでしょうか？」

「意味わかんないよ。サマンサ？」

「……あれは生かしておくだけ害悪」

「クリーナの言う害悪というのはレイの方ですわね。まあ、あの方はすでに骸ですが。ビッツ姫には実はランクスにとってとても大事な役割が残っていますわ」

「役割？」

クリーナがそう聞き返すと、サマンサは頷く。

「そう、役割ですわ。今のランクスは安定しているように見えて、実はそうではありません。近隣諸国はこぞって協力しましたが、内はとてもどろどろしているのです」

「サマンサ、よく分からないよ」

「リーアさんに分かりやすく言いますと、ランクスは勇者タイキ様を支える派閥と、旧王家の派閥で割れているはずです。ちがいますか？　ユキ様？」

「いや、合ってるぞ」

そう、今回のビッツの問題はそこだった。

だから、最初から処刑などではなく、下働きなどの意識改革を目的とした、嫌がらせを隠れ蓑にした処罰をタイキ君には伝えていたのだ。

で、この話を聞いて考え込んだのがジェシカだ。

騎士団で副団長を務めていたのだから、ここまで聞けば考える余地が生まれたのだろう。

「……なるほど。ランクスの内情は詳しくありませんが、革命が成功してまだ5年も経っていないのでしたね？」

「えーと、大体娘たちと同じ年数ぐらいかな？」

「よくて2年とちょっとぐらいですか、それでは当然ですね。リーア、クリーナ、このウィードを基準に考えていると進まないので、まず頭をまっさらにして聞いてください。本来、一から国を作ると言っても、ウィードがしたようにすぐにポンポンなんでも集まってできるわけではないというのは分かりますか？」

「うん。分かるよ」

「それは当然」

「はい。それを理解しているなら話が早いです。普通であれば、国の体制を変えようという大事をして、一から十まで全部総入れ替えをすることはありません。むしろ、昔の体制を知っている協力者がいないと、ランクスで起こった革命のようなことは成立しません」

その通り。

俺だって、エルジュやセラリア、そしてルルアといった権力者の力を借りてウィードを作ったのだから、ランクスでタイキ君がしていた根回しも相当なものだろう。

「下手をすると内乱を誘発していたのですが、そこはタイキ殿の根回しがうまかったのか、今はそんな事態になっていませんが、旧王家派の方々にとっては面白くありません。今は従っていますが、いずれ問題が出てくるはずです。というか、そのための処刑だったのです。良くも悪くも伝統は重んじられ、血筋というのを大事にしたがる者は多いですから」

「どういうこと？」

「もっと分かりやすく」

「えーと、そうですね。たとえばルナ様がいきなり、ユキ以外のダンジョンマスターをウィードに据えて、私たちにはその方の言うことを聞けと言われて納得できますか？」

「『無理』」

「ですよね。これが、サマンサが言っていた。内がどろどろしているということです。納得できていないのに、ユキが排斥されれば私たちは必ず反発します。そもそも夫婦です。それを引き裂くというのはあり得ません。それは私たちだけではありません。ウィードの皆もそう思うでしょう。ユキは民から好かれていますから」

「とうぜんだよ。ユキさんを排斥とかあり得ないから」

「ん。そんな無茶を言うルナはおしお……き」

そこでクリーナが理解をしたのか、目が見開かれる。

「そういうことです。ルナ様はそういうことをしないと思いますが、された場合、お仕置きというか話し合いの席を設けるというのは私たちの認識です。これができない場合はタイキ殿がしたような革命になるわけです。そういう意味では私たちはユキに連なるモノでなければ、ウィードを任せられないということですね。これが伝統であり血筋というものです」

「えーと。それがどうビッツ姫を生かすってことにつながるのかな？」

「そうですね、リーア。ならばウィードのダンジョンマスター変更が、ルナ様の勝手ではなく、ユキからも頼まれたものだとどう思いますか？　たとえば、ちょっとの間だけ協力してやってくれとか？」

「それは、ユキさんの頼みだし、ちょっとぐらい協力してやってもいいかなーって⁉　ああ、そういうことか、旧王家じゃないとだめーって非協力的な人も、ビッツ姫からとりなしてもらえれば、協力してくれるかもしれないんだ」

　その通り。

　リーアの言う通り、今回のビッツを生かすというのは、それが目的なのだ。

　ランクス国内で燻っている火種。

　旧王家派をここで完全とはいかないだろうが掌握できるチャンスなのだ。

「しかし、不思議なのですがユキ様。失礼ではありますが、彼女、ビッツ姫が、タイキ様の側仕えというのはいささか急というか危険ではありませんか？　てっきり、彼女を説得するために精神的に疲弊させるような立場へ回すと思っていたのですが？」

「精神的に疲弊させる？」

「えーと、クリーナさん。あのビッツ姫が協力をしてくれと頼んで、協力してくれるでしょうか？」

「無理。あれは話を聞く限り、自分の我儘が通らないと気が済まないタイプ」

「ええ。私もそう思いましたわ。だからこそ、その我儘を矯正するとともに、説得しやすいように、言い方は悪いですが今までより環境の悪いところに置くのですわ。下々の仕事をさせてとかですね」

「それはいい考え。人々の生きるすべを知らないから、あんなことが簡単にできる」

「ですが、タイキ様の側仕えになっているのです。それではあまり、苦しいとか意識改革には……」

「ん。それはサマンサの言う通りおかしい。ユキ、どういうこと？」

「そこが、今回ひょっこり出てきた、上杉輝虎のおかげで狂った。まあ、いい方向ではあると思いたいけどな」

「詳しく説明して欲しい」

「分かった」

正直な話、タイキ君と俺はビッツを下働きでもさせて、下々の人たちがいかに大変か、自分がいかに我儘三昧《わがままざんまい》だったかとか、元の生活を少しでも取り戻したいのなら……なんて脅しというか洗脳というか、そんな感じの展開を望んでいたんだけど、上杉輝虎によってそれは打ち砕かれた。

『我ら、と言っても体は一つだが、条件を飲んでくれるのであれば、そちらへの協力はやぶさかではない』

そう言って、自ら進んで、旧王家派の説得などを引き受けると言ってきたのだ。

無論、信じられないと言ったのだが、指定保護を受けたし、旧王家派でやばそうなのは売り渡すとまで言ってきた。

なんでまたと聞いたところ……。

『そもそも、この小娘は何も知らん。蝶よ花よと育てられてきたのが問題だ。言えば何でも出てくると思っていたらしいからな。これではただの傀儡よ。この国を食い物にしていたのはこの小娘や元国人の両親をおだてていた者どもだろうよ。我らを処刑せずにつれてきたということは、その厄介な元国人派の者どもをどうにかしたかったからだろう？　下剋上や乗っ取りのあとは、周りを固めるのが大変だからな……』

長尾景虎の時の苦労かい。

まあ、上杉輝虎もそういう経験があるらしく、どうもそれでビッツに目をかけていたらしい。

『なに。謀反でも起こすのなら次こそ斬ればいい。私としては依り代である小娘には死んで欲しくないが、一矢報いるというのであれば、止める権利はないからな』

本音は動かせる体がなくなるのが嫌だからと正直に言ってくれたが。

『それまでに、小娘の意識改革の手間は私が引き受ける。その代わりというか、それを行いやすくするために。そこの若造……ではなく、勇者タイキ殿だったかな？　側仕えがいいと思うのだ。許可してはくれぬか？』

そもそもこちらのルールを知らないので、知り合いの同郷、この場合はタイキ君の傍で、教えてもらった方が、この世界を理解するのに早いだろうという意味もあったらしい。

ビッツ嫌いの奴が、曲解や教えないってこともあるだろうし、それは手間だからな。

「ということで、タイキ君の側仕えになったわけだ。無論すでに仕事をしてくれている。旧王家派に説得というかなんというか、いずれランクスを取り戻すために、今は雌伏の時ですとか言って、打倒タイキ一派を押さえつけたらしい。証拠の武器調達とかの書類をすぐにタイキ君に回しているから、後釜の選定が終われば、時期を見て一斉に入れ替えがあるだろうなー」

この作戦立案も輝虎が行ったものだ。

さすが、こういう軍略に関することは得意ですなー。

「むー。何か釈然としない」

「ん。もやもやする」

「まあ、そう言うな2人とも。下手にあの姫様を処刑すると、旧王家派が旗揚げする可能性もあるからな。一番穏便な手だよ。というか、輝虎の言う箱入り娘の無能を育て上げたのは国だから、もとを正すのなら国の重鎮全部を処刑しないといけなくなるしな。そうなると、タイキ君以外は全員首切りだぞ？　今まで放っておいたんだから」

「それはやりすぎかなー」

「ん。国が立ちいかなくなる」

「リーアやクリーナの言う通り、やりすぎであり、国が立ちいかなくなります。だから、取り込むという方法を選んだわけですよ。そして、これはランクスの方針ですから、私たちが口を出せることではありません」

「そうですわね。実際、被害をこうむったのはランクスですし、表向き私たちはただの部外者ですから。まあ、お2人には馴染みがないかもしれませんが、こういうこともよくありますわ」

現代でもある、一種のもみ消しのようなことだ。

確かに、悪いのはことを起こした当事者たちなのだが、じゃあなんでそんなことを起こしたのか？　という話になると、芋づる式に色んな人たちが出てくるので、手打ちをしたという話。

現代でも関係者全員を処罰するのは難しいのに、こんな地球の歴史での中世の王政のような時代の異世界でそんなことができるわけがない。

マジで国が傾くから。

ならば今後協力してくれるなら、よしとしようという話。

手打ちにしないと被害が拡大する恐れがあるからな。

これが世の中というものである。

ただ巻き込まれて亡くなった人には申し訳ないけど。

それも、結局他国の人間だ。

ランクスがそれをよしとするなら、俺たちが口を出すことではない。

口を出してその人たちが生き返るなら、まだ考えないでもないけど、そういうわけじゃないしな。

現代でもたくさん紛争は起こっているし、難民も山ほど出ている。

さて、この終わり方に文句がある奴は、さっさと世界各地で起こっている紛争や問題、事件に介入して止めてくればいい。

現実を知らない奴ほど、かわいそうとかそういうことを言うだけで動き出すことはない。

結局自分が大事なだけ、本当に紛争や難民などの問題を解決したいと思っている人は、日本人でも紛争地帯に行っているし、世界を回っている。

文句を言う前に動く。それが大事だという話。

俺？　俺はそういうのは面倒なので、降りかかったら振り払うスタンスですよ？

別にどっちが正しいとか、悪いとかは興味なし。

結局さ、人の気持ちしだいだから。

口だけの人もそれを言って満足したいってのもあるだろうし、俺としては別にいいと思う。

ただし、俺に面倒をかけた場合は容赦《ようしゃ》しないって話である。

そういう意味で、俺は文句や抗議をする前にすべて押さえて叩くんだけどな。

第472掘：まとめ　折れた天下五剣と女神

Side：ユキ

さて、色々あったが、ようやく各国の義理の親父や聖女にも報告がすんで。

大事にならなくてよかったねーで、この大陸は平穏である。

あ、ガルツはランクスと一緒に色々頭が痛いらしいが、そこは知らん。

だって、主犯格のビッツがいきなり、狡猾《こうかつ》な軍神になってるからね。

すげーやりづらいとか、ティーク兄が言ってた。

まあ、頑張れー。

しかーし、俺たちはそうではない。

今日その緊張の結果が届けられることになっているので、神妙な面持ちで旅館の俺の部屋でタイキ君、タイゾウさんと共に、お茶を飲みながら待っていた。

何を隠そう、いや隠してないけど、いやー隠してるのか？

よく分からんが、本日、折れて適当にルナが直した童子切安綱を戻して説明をしに行っているのだ。

説明相手は、向こうの八百万たち、主に神社仏閣の神々らしい。

折ったアーウィンはそういうものだと知らないし、決闘をＯＫしたのはタイゾウさんなので罪や責任を問うのはお門違い。

呼び出したビッツは上杉輝虎の入れ知恵で手出し無用の状態。

ノゴーシュも和平同意を確約しているので、これ以上はこじれるだけだろう。

まあ、どうあがこうが、折れたものを直す力はないし、あの酒呑童子、秋天を再封印するとか、俺の嫁さんたちが敵になる。

それは、話がこじれるだけである。

ということで、結局ここはルナの力頼みとなったわけだ。

こういうところは駄目神に感謝をしないといけないのか？

いやー、原因を作ったのはルナではあるが、ルナだったからこそ、俺たちに連絡が来たわけで、こういう厄介な武具とかはほったらかしが定番だから、マシであると思うべきだな。

そんなことを考えていると、タイキ君が口を開く。

「そういえば、もうこの世界も結構無茶苦茶になってきましたよねー。タイゾウさんはともかく、上杉謙信、そして酒呑童子とかもう混ぜすぎじゃないですか？」

タイキ君の言っていることは分かる。

色々要素を詰め込みすぎという奴だが、それは一つの物語としてはだ。

しかし世の中は……。

「タイキ君。それは勘違いだ」

「どういうことですか、タイゾウさん？」

俺が注意を促《うなが》す前にタイゾウさんが注意をした。

「これは物語ではないし、そもそも地球も同じようなものだ。色々な文化があり、歴史があり、それが同じ大地、地球の下に過ごしている。混ぜすぎではなく、これが当然なのだ。物語のように整理された世界は存在しえない」

「あー、そうですね。というか、この分だと宇宙人もいるかもしれませんね」

「はぁ、タイキ君。この世界アロウリトの人々こそ、私たち地球人から見れば宇宙人だ」

「あ、そうか!! あまりにも地球人と変わらないから宇宙人って認識から外れていましたよ」

「どういうことだ? タイキ君は宇宙人の姿はこれだというイメージがあるように聞こえるが?」

「あ、あー。ほら、タイゾウさんの時代に映画ってあったのかな?」

「ああ、あったぞ。師の付き合いで一度見に行ったことがある」

「そっか。それなら話が早いです。その映画は進化してて、こう、宇宙人ならこうだろうってイメージで作られているのがたくさんあるんですよ。その中でも有名なのが、こう目が大きくて灰色の宇宙人で……」

リトルグレイは映画じゃなくて写真じゃなかったか?

「あとは、こう頭が長い、もう怪物かっていうので、血も硫酸みたいで触れると焼けただれるとか腐ったりするやつで……」

あれは、子供が見るとトラウマになるよな。

「なるほどな。確かに、この世界に魔物なる生態系があるのだ。宇宙人が同じ姿であるという認識自体が間違いなのか。人型であっても異なる進化を遂げた宇宙人かー。いや、本当に未来だな。そういう意味では、私はヒフィーさんの召喚に感謝しなければいけないだろう。命を救われ、未来を見せてくれたのだ。まさに彼女は私の運命の相手だったというわけだ」

うえ、タイゾウさんが嫁さん自慢し始めた。

いや、運命を感じるとは思いますけど、人の幸せをこう見せつけられるとイラッとするというか、世のすべてのモテない男のために立ち上がりたくなるというか……。

「コホン。話はずれたが、世界は混沌のようなものだ。だから楽しい。人はその人生の中でわずかの出会いしかないだけだ。その枠から飛び出た私たちはある種の幸運と言えるだろう。まあ、異世界にて存分に知識と技術を使えるか？　という前提がつくが、これはユキ君がダンジョンマスターであることが幸いした。私たちは知識や技術の再現で終わるだけではなく、それを利用した、次の知識や技術を作り出せるという立場にある。なればこそ、この混沌とした状況は望むべきだろう」

「まあ、楽しそうではありますけど……」

「タイゾウさんの云わんとすることは分かりますが、今回のように胃の痛い話はいいです」

「それは同意だ。まさか、異世界に来てまで、日本や地球の心配をするとは思わなんだ。ルナ殿が悪いと言ってしまえば楽ではあるが、それは責任転嫁にすぎないからな」

「あれ？　ルナさんが悪いんじゃないですか？」

「直接的な原因と言えばそうだが、その前にこれを安易に使っていた私たちに問題がある」

「俺たちですか?」

「私たちは最初からコピー品を渡されるものだと思っていた。しかし、ルナ殿にもできできないが存在した。いや、それは最初から分かっていた。だからこそユキ君というダンジョンマスターをこの世界に連れてきたのだから」

「確かに……そうですね」

「そしてルナ殿は私たちだけの味方ではない。この世界を維持する者たちのトップだ。私たちだけ贔屓にするのは不満が出る。だからこそ、ビッツ殿がダンジョンマスターになった際も、タイキ君やノゴーシュ殿から聞いていた刀の話で、童子切安綱が手に入れられた。そういう意味ではルナ殿はかなり公平だ。そして、嘆願をすれば地球の物資をこの世界生まれのダンジョンマスターに回すのを止めてくれたからな」

そう。

ルナは無茶苦茶に見えて、実際はちゃんと仕事をしている。

コピー品と言っても完全なコピー品であるので、今回の場合、童子切安綱の本物を持ってきたからこそ発覚した事態である。

ルナ曰く、コピーは完全に再現してこそコピーでしょ? とのことだから、下手をすれば童子切の完全コピーがビッツの手に渡り、知らぬ間に完全コピーの酒呑童子が暴れていたというわけだ。

「だから、私たちは今後ダンジョンマスターの物資援助機能では、量産品を選ぶようにしなければいけない。一品物などは厄介な能力があったりするかもしれないから、その場合はユキ君を通してしか取り寄せができないようにしておく。無論、ユキ君が個人的に取り寄せることも考えて、複数の承認がいるという状態にするべきだろう。この世界にも同じように厄介なモノを封印していることはあるだろうからな」

「はぁー。なるほどですね」

「まあ、それがいいでしょうね。危険物のコピーに関してはルナに報告してくれって頼みましたし。本人はすげー面倒くさそうでしたが」

「だろうな。ヒフィーさんの話が事実なら、ルナ殿が面倒を見ている世界はここだけではなくかなり多いはずだ。文字通りこんなことに手を出している暇はないはず。ここまで手を貸してくれるのは、主に、ユキ君を自分の都合で連れてきたという負い目があってこそだろう。あとはよく分からないが、別の意味合いもユキ君に対して含まれている気がする」

「え？　ルナさんもしかして……」

「ないない。というかマジでやめてくれ」

あんな駄目神と一緒になるのは勘弁こうむる。

仕事が増えるだけだ。

「ははっ。まあ、私もそういう話ではないと思う。なんというか、ある種の信頼があるみたいだ」

「本人ではないから、詳しくは分からないが、ルナ殿がユキ君を選んだというのはちゃんと理由があってのことだろう。まあ、お互いそこらへんは詳しく話していないようだから、私たちが聞くのは野暮だし、ルナ殿の協力が得られなくなる可能性もあるから、触れない方がいいだろう」

「分かりました。物資なしとかつらすぎますしね。絶対しません」

……聞いたらもう後戻りできそうにないからな。

世界の終わりだと思う。

そのあとは、普通の雑談に戻り、そろそろ冬だし、年越しとかの話をしていると、ルナが部屋に現れた。

「いやー。ただいまー」

「どうだった？」

「ん？　ああ、聞いてよ。ほら、このお酒。私に献上するってさ‼　見てよ特選よ‼　正月が近いからそういう奉納が多いんだって。それを結構もらったわー。後でミリーやナールジアと飲もうと思うのよ‼」

ダメだ。この女神。

駄目神で駄女神を突き進んでいる。

「そこじゃない。天下五剣の方だ。上手く説明できたのか？」

「信頼？」

特選

「はい？　そんなこと気にしてたの？　大丈夫って言ったじゃない。むしろ、荒魂をどうにかしたからこうして、報酬《ほうしゅう》をもらえたんじゃない」

ペンと、お酒を叩くルナ。

「ちょっと待て、秋天を引き取ったのは俺の嫁さんだ。なんでお前が報酬をもらってるんだよ？」

「あ？　え、えーっと。手数料ってことで。まあいいじゃない。正月用の特選清酒とかクソ高いわよ。分かる？　市販物じゃなくて、ちゃんと注文生産のやつよ‼」

「……それは他に貰い手がいたんじゃないか？」

「そこらへんは、持ってきた恵比寿がどうにかしてるでしょ。あっちは安定してるんだから、私がそこまですることはないわよ」

「「……」」

ルナのセリフで俺たちは沈黙した。

「なに黙ってるのよ？」

「誰からその酒もらったって？」

「あん？　知らないの？　七福神で筆頭と言っていい商売の神様、恵比寿からよ？　あいつの所の奉納品は毎回すごいからねー。自分でいつも使いきれないから、他の七福神とか知り合いに配って回ってるんだってさ。その一部だから気にしない気にしない」

くそー、どうしてこいつはいつもいつも……。

「ほら、タイゾウも好きでしょ。これあんたの分ね。正月はパーッといきなさい」

「ど、どうも、ありがとうございます」

　タイゾウさんは震える手で受け取る。

　そりゃー仕方がない。神様に捧《ささ》げるお神酒《みき》であり、しかも現代日本でメジャーである商売の神様に奉納するお酒だから、その価値は計り知れんだろう。

　しかも、神様が飲む分をかっぱらってきたわけだ。

　古いというのは失礼かもしれないが、今よりもこういう習慣が根強かったタイゾウさんには下手すると童子切より高価なモノかもしれない。

「でさ、正月の分は確保しているし、今日は打ち上げでみんな集めなさいよ。七福神が触れたお酒は質が３つほど上がるし、美味しいわよ。あ、料理はおねがいねー。材料も多少はもらってるから」

　タイゾウさんとタイキ君はあまりの話と、勢いで頷きすぐに準備をするために部屋を飛び出す。

「ま、いいじゃない。こうでもしないとガチガチにしかならないし。まったく、あんたたちだけよ。こうやって馬鹿できるのは」

「……はぁ。こっちの手回しとかが大変なのは無視か」

「それは、いつもよくやってたでしょうが。鳥野和也」

へいへい。

どうせ俺はそういう役回りですよ。

第473掘：そして打ち上げへ……

Side：ユキ

急遽、ルナより、打ち上げが提案され、その日のうちに、今回の件にかかわっていた者たちが集まっていた。

こっちの味方だったリリーシュやヒフィーはもちろん、ファイデや、敵対していたノゴーシュやノノア、真相を知った俺の義理の親父たちもだ。

正直、良く集めたと思うが、そこは鶴の一声ならぬ、ルナの一声で、みんな慌てて職務放棄してきたのだから、やっぱりこの駄目神は加減というのを覚えた方がいい。

仕事で忙殺されるぐらいは世界のためだと思う。

「ではー。色々誤解も解けたことだし。久々に知った顔が集まったことに対して祝いと、これからのますますのご活躍、そして、かつてないほどの平和を紡ぐ担い手たちの称賛を兼ねて。かんぱーい!!」

「「「かんぱーい!!」」」

ルナの言葉により、神々や各国の王は一気にグラスをあおる。

「ふわー。美味しいですねー」

「な、なんですか。このお酒!?」

「これほどの酒があるのか……」

「さすがルナ様だな」

「ええそうね。これほどのお酒を用意できるなんて」

そうルナを称賛、絶賛しているのは、アレの部下である神々共。

もう俺にとっては、肩書だけというか種族が神ってだけの生物にすぎん。

そんな種族神々を見ながら話しかけることはなく、なぜか俺の所によってくるのは、大国の王たちであり、俺の義理の親父たち。

「息子よ。これは、ルナ様が用意したというのは本当か？」

「いや、疑うわけじゃないんだが、そっちから卸される清酒に似てないか？」

「しかし、2人とも、これは傷がいえていますし、通常のお酒には見えないのですが」

ロシュールとガルツの親父がそう言って、言葉を足すのはリテアの聖女なのだが、どっちも当たりなのが痛い。

「簡潔に言うと、俺の世界の神様からパク……譲ってもらった酒。本人曰く神様に献上されるお酒である上に、本当に神様の手に触れられたから質が上がっているんだと。おそらく、性能とかも上がっているんだろうな」

詳しく調べたわけではないが、ロシュールの親父やガルツの親父の古傷が治っているという証言から、そういう力があるんだろう。

「なるほど。息子の世界のか……。しかし、こんなところで飲み干していいものか」

「だよな。なあ、これって持って帰ったらダメか？」

「そうですね。古傷を治す力はエリクサーにもないはずです」

あっそう。

下手したら切断した部位も元に戻りかねねーな。

くそー、宴会でわけの分からんレベルのモノをふるまいやがって。

「そんなことは気にしなくていいわよー。土産《みやげ》に一人一本ずつぐらいはあるから、それを持って帰りなさいな。今は飲みなさいな。久々に、穏やかに話せる場なんだから。あんたたちが飲んでまずは体調を整えれば色々やりやすいでしょう？」

「「はっ。ありがとうございます」」

「無思慮な物言いでした。ルナ様の御心のままに」

ち、取って付けた説明を。

アルシュテールの言うように、ルナの考えのままに動くと俺が過労死するから心の底から頼むからやめてくれ。

「しかし、息子よ。これからのことはどう考えているのか？」

「そうだな。息子がルナ様の使命を受けたというのは分かった。今回は神々がかかわっているということで、対処は任せたが……」

「これからもこのままというわけにはいかないでしょう。微力ではありますが、こちらも協力させていただきます」

さすがは3大国のトップたちである。

こういう動きはいい。

そこでルナと一緒に飲んでいる種族神々よりずっとな。

だからお前ら、リリーシュを除いて小国なんだよ。

「まあ詳しくは後日話すけど、新大陸との交流だな」

「新大陸？」

「てっきり、まだ同盟に入っていない国々の加入や警戒の強化かと思ったぞ」

「そもそも、その新大陸というのはなんでしょうか？」

この3人というか、あっちで騒いでいる種族神々も俺たちの陣営の神々しか知らない内容だ。

「海の先には、この大地と同じように大陸があるんだよ。そこに、つい2年前ぐらいにルナに派遣された」

「「「は？」」」

目が点になる3人。

そりゃそうだよな。

この時代の知識や価値観からすれば、新しい世界が見つかったと言っても過言ではない。

「そこは、魔力衰退がここより顕著に現れていて、実用レベルで魔術を使える魔術師の数や獣人の出生率の低下、神々のほぼ消滅といった、魔力枯渇《こかつ》の研究にはいい場所なんだよ。ああ、無論、ここの大陸と同じように国々があって、ある意味ここよりも激しく領土争いをしていたな」

「していた？」

「それは終わったということか？」

「大体な。この大陸と同じように大国が6つあってな。そこがやいやいやりあっていたよ。こっちが動くのにクソ面倒だったから、裏から手を回して鎮圧した。あ、俺の嫁さんに新しく加わった、ジェシカはその大国の一つの騎士団の一員だった。クリーナもまた別の大国の姫の相談役の子供。サマンサもさらに別の大国の公爵家次女」

「「「……」」」

3人が沈黙する。

というか、なんかあきれ顔になっている。

「……そうか、息子が女漁りに目覚めたわけではなかったか」

「……うーむ。まあ、側室が増えるのはいいが、これでは公務と変わらんではないのか？」

「ルルア様がいまだに心配するわけですね……」

うるせーよ。

こっちはこれ以上の増員は勘弁だからな。

「しかし、だ。すでに鎮圧していると言ったな。そして、新しい奥方の立場を考えると、向こうでもかなりの立場ではないのか？」

「その通り。そうでもしないと魔力枯渇の研究ができないからな。ほぼ、6大国で動き回るのに支障がない立場は手に入れてるな」

「……やばいわ。俺の息子はやっぱルナ様の使徒だ」

「……つまり、今後は私たちもその新大陸に？」

「そういうこと。今までは俺の立場を詳しく知らなかったし、何が目的かも分からなかった。方針もな。だけど、今回の件で、しっかり俺の立場を認識したなら、俺の言うことも理解できるだろう？」

「……私たちの方からも研究員を新大陸に送って、調査を行うという話か」

「おい、予算はどこから出るんだよ」

「そりゃー、ウィードから出すわけにはいかんだろ。面目的に」

「……私たちでその6大国と交渉して利益を出しつつ、枯渇の研究もしろということですか」

そう言った3人は顔を見合わせて……。

「「「仕事がーーー!?」」」

と叫んでいた。

まあ、俺が常時通っている道だ。

これからは俺と同じ苦労と苦悩を味わうといいだろう。

こっちは、新大陸紹介に向けてムービー作ったり資料作ったりしていたから、そこまで問題はない。

受け入れ先も、俺の所有領のホーストの所かノーブル、ヒフィーの所、あるいはホワイトフォレストがいいだろう。

ああ、ホワイトフォレストは亜人が多く残っている場所だから適切じゃないか。

打ち上げの飲み会で胃が痛くなるのは大変ね。

まあ、世の中、こういうお偉いさんが集まる打ち上げはもっぱらこんなもんだから仕方がない。

あ、受け入れ先のノーブルも神とか言ったらどうなるかね？

「胃が死にそうだから、ホーストの所にしておきなさいな。それか黙っておきなさい」

「そうですな。私と同様、老体ですからいたわってやってくだされ」

俺に話しかけてきたのはセラリアと、冒険者ギルドのトップであるグランドマスター。

今回のノゴーシュの所での冒険者の被害は伝えないわけにはいかないので、グランドマスターに話を通したのだ。

あとあと、冒険者ギルドと険悪になるのはいやだしな。

背景が判明して冒険者ギルドがグルでないと分かったから、今回の真相を含めて話をしたわけだ。

「まさか、神々とは冗談を。とは言い切れませんな。私の所でもそういう情報は集まっていますからな。しかし、それだけでなく新大陸とは冒険者ギルドの出番ですかな？」

と、こんな感じで、ある意味一番被害が出た組織のはずなのだが、ノゴーシュの内々の謝罪と賠償金でハイ終わりとしている。

なんでかというと、こういう裏でモンスターを操ってなどというのはよくある犯罪の手法だそうな。

舐めてかかった結果がこれだったわけで、冒険者自体も本来自己責任であるし、ギルドも情報収集を怠《おこた》った結果。

つまり、いい授業になったと判断を下したわけだ。

普通、国が相手ならギルドは立場上文句を言えるわけがないし、こんなふうにお金が支払われることなどまずない。

ということで、すっぱりノゴーシュの件は終わって、新大陸の方の話になっているわけだ。

「いや、残念ながら、冒険者としての仕事はなさそうですね。魔物がもの凄く減少しているので。その分各国の小競り合いが激化して傭兵《ようへい》が多くいます」

「傭兵のう。仕事の奪い合いがありそうじゃな。そこの所は向こうの傭兵たちを見て判断しないと争いの元ですな」

「そうですね。そこはこちらに来てもらって冒険者としてこっちで働いてもらうというのが理想でしょう」

「なるほどな。それはいい案ではあるが、人手を奪われる各国の心証はよくないのう。なるほど、ユキ殿はわしもまだまだ働けというのですな？」

「無理はしなくていいですよ。グランドマスターが倒れた時の冒険者ギルドの動きが分かりませんから。今日はとりあえず、体によさそうな酒でも飲んで養生してください」

「ほっ、ほっ、ほっ。人を使うのがうまいですな。まあ跡継ぎのことはちゃんとしてありますので、問題は起こりませんよ。しかし、こんな心躍る、冒険ができる世界を示されてはまだまだ隠居するわけにはいきませんな。さて、言われた通り、酒を流し込んで今後に備えますかな」

そう言って、杖《つえ》をつくのをやめて颯爽《さっそう》と歩いていく。

「相変わらずなおじい様ね」
「あの人がいれば冒険者ギルドは安泰だろ」
「そうね。で、難しいお話は終わったかしら？」
「おう。処刑宣告は終わったぞ」
「うちのクソ親父はともかく、ガルツやリテアにはお手柔らかにしてよね。まあ、ともかく終わったのならこっちに来なさいな」

そう言って手を引かれて向かうのは、嫁さんたちやタイキ君、タイゾウさんたちの所。

「さあ、夫を引っ張ってきたわよ。じゃ、私たちのねぎらいの言葉よろしく」
「はいはい」

ルナの提案した打ち上げであるが、俺たちにとっても区切りとしてはいいので、この場で俺たちにとっての打ち上げをやる予定なのだ。

みんな、お酒はすでにルナの音頭で飲んでいるが、酔うまでには至っていない。

全員俺を待っていたという感じだ。

「えーと。今回もみんなのおかげで助かった。そしてこれからもよろしく。では、かんぱーい‼」

「「「かんぱーい‼」」」

これにて、今回の騒動は細かい後始末は残しつつも、一応区切りだ。

新しく始めることも多々あるが、今は全員がそろって終われたことを祝おう。

「って、待ちなさい。リエル、あんたも妊娠してるんだから、これ以上飲むのはやめなさい」

「うえ⁉ だ、だって美味しいよこれ？」

そう言ってミリーに止められるのは、妊娠が発覚したリエル。

あと、トーリ、カヤの妊娠も発覚して、そういう意味でもこの打ち上げは祝いの場だ。

「いくら飲んでも大丈夫なお神酒とはいえ、私も我慢しているし、トーリやカヤも我慢してるんだから。ねえ？」

「そうだよ、リエル。ユキさんの赤ちゃんがいるんだから」

「……お酒の代わりにお揚げを食べればいい」

「えーと、カヤのお揚げってわけじゃないけど、代わりに美味しいもの食べたらいいと思うよ？」

そう妊婦組から諭《さと》されるリエル。

「分かったよ‼ こうなったら食べて、食べて……」

そう言ってガツガツと食べ始めたリエルだったが、いきなり止まり……。

「リエル？」

「う……」

「う？」

「……ぎぼぢ」

「ぎぼぢ？」

「……もう、だめ」

「あっ!?　ふ、袋ー‼」

リーアは気が付いたが遅く。

「……うおぇーーーー」

大惨事になった。

落とし穴83掘：年末の戦場

Ｓｉｄｅ：エリス

今年ももうすぐ終わり。

クリスマスも終わって、ウィードでは3度目の年越しの準備をしています。

ユキさんの故郷日本に倣い、一年の汚れを落とす大掃除や、年越しそばの用意、そして年明けのミサの用意、お祭り、もう一年の中で一番忙しいといっても間違いないでしょう。

食料の少なくなる真冬にここまで活発に人々が動くようになるとは思いませんでした。

さすが、私のユキさんを育んだ地球の文化ですね。

「……あうあう。仕事が……終わらない」

そんなことを考えていると、会計代表席からそんな声が聞こえてきます。

そこには数多の書類に目を通して、目が死んでいるティファニー、こと略してテファがいます。

私の後継は見ての通り、テファになっています。

すでに私は副代表の地位になっていて、一年前のような地獄の忙しさからは解放されています。

まあ、ユキさんの関連で新大陸とか行ったりで大変なんですけどね。

「ティファニー代表。こちらの書類も確認をお願いします」

「あ、はい。えーと……商会から？　えーと、ラッツさんじゃなかった、ノンちゃんからか」

ノンというのは、ラッツの代わりに商会代表となった子で、こちらも女性で、種族は狼人族。トーリと同じ種族ですね。

ラッツ曰く、商売の嗅覚が優れているらしいです。

「ふむふむ、年末のリテア教会で配る、お汁粉の経費か。それなら、リテア教会の申請と被るから……」

なるほど、リテア教会の申請を商会で引き受けたのですね。

普通なら、わざわざ申し出て引き受けることもないでしょう。

教会のトップはリリーシュ様であり、私たちと繋がりは深いですから、特に問題もなく申請も通るはずです。

商会も結局は国営なので、結局はウィード政府からの支援ということになるので、わざわざ商会が申請する理由もないのです。

では、なぜか？

これは、ノンが自分の覚えをよくするためでしょう。

ノンの提案でというのが肝です。

今まで、ウィード政府だったのが、ノンの案にすり替わるというのはあれですが、ちゃんと明確な意思を持った人がやったというのが大事なのです。

商人として、名前を売るのは大事なことですからね。

相手が教会となれば、後々代表から外れても、いい相手になりそうですから。

確かに、ラッツの言う通り、商売の嗅覚は鋭いようです。

「えーと、あの書類はどこだっけ……。……うわーん」

で、書類を整理しきれていないテファは泣いています。

「はぁ。テファ。教会からの書類は昨日決済して、後ろの教会関連のところですよ」

「代表。ありがとうございます‼」

「代表はテファよ。私は副代表」

「あう。そ、そうでした。でも、年末の代表ってこんなに忙しいのですね」

テファは言われた通り決済の書類棚を探しながら、そんなことを言う。

「当然というのはあれね。よそはここまで忙しくないわ。年末は静かに厳かにってのが普通だもの」

「ですよねー。ウィードは年末が一番忙しいですから驚きました。というか、エリスさんはこれをよく二年もやりましたね。あ、この書類だ」

「そうねー。でも、慣れるものよ？　というか、規模は年々大きくなってるから。よその国からも年末はウィードでって人も多くなってきたし」

「うわー。それって、私の方が忙しいってことですか？」

「会計だけならね。私は一応ユキさんやセラリア様の補佐もあるからね」

「……エリスさんはよく働きますね」

「愛の力ね」

「……おなかいっぱいです」

そんなやり取りをしつつも、書類をお互いガンガンさばいていく。

これぐらいのことはやってのけないと、ウィードの財布どころの会計職は務まらないのだ。

「あら？　さっきの教会関連のは終わったの？」

「あ、いえ。ちょっと分からないことがあるので、ノンちゃんに後で聞いてみようかと思って後回しです」

「なるほど」

そんな会話とか確認を繰り返しつつ、仕事をこなしていると、訪問者が来たと報告があった。

「このクソ忙しいときに誰ですか？　面会の約束はないですよ？」

「お帰り願ってください。どうせ、他の部署からのお金の無心です。ポーニじゃないですか？　今年の夏、新しい部署を設立するから、お金くださいって。しかも、ユキさんとかの支援うけて、あのウサギ、ロリ顔でいてしたたかなんだから。おかげで、こっちの書類仕事が増えたんですよ。よりにもよってエリスさんが休みの時に!!」

「……そうだったの」

「はい。おかげで、セラリア様と連絡をとって新しく経費を確保するのに苦労しました。即日とかわけの分からないこと言ってましたし。あのロリウサギめ!!」

ああ、ウィードで妙な噂が出てきたときに作ったあの部署ね。

そういえば、申請書類を見なかったと思ったら、私が休みの時にやってたのね。

しかも、即日とか、私が間にいたならともかく、テファ一人の時にそれだけやれるって、この子も凄いんじゃないかしら？

そんなことを考えていると、部屋のドアが開かれて中に誰かが入ってくる。

「そう言わないでください。私もユキ様からエリス様がいるからって聞いてたんですから」

「あははっ、テファがそこまで悪態つくのも珍しいから、よほど大変だったんだろうね。と、やほー」

「うわっ⁉　ポーニ⁉　ノンちゃん？」

なぜか、警察代表ポーニと、商会代表のノンだった。

「私もいますよー」

「えーと、お邪魔します」

「おじゃましますねー。ミリーさんがいますので、ちょっとソファーかりますねー」

「ラッツさん⁉　トーリさん⁉　リリシュ様⁉　ミリーさんまで⁉」

そう言ってさらに部屋に入ってくるのは、私の親友で妻仲間のメンバー。

「どうしたの？　こんなそろって。しかもミリーはもうすぐ出産日でしょ？　なんでまた」

「仕方ないのよ。冒険者ギルドの代表はいまだに私だから。まあ、大丈夫よ。リリシュさんにもついてきてもらっているし、気分も悪くないから」

「そう？　で、みんなはなんでここに？」

「それはー、私がー説明しますねー」

なぜか、一番関係なさそうなリリーシュ様が声を上げた。

そして内容は、ちょうどさっきテファが先送りにした、経費の申請がかぶっている件についてだった。

今年の規模が昨年を大幅に上回りそうと、入国管理も務めているポーニの所からリリーシュの所に連絡がいって、これじゃ教会で配るお汁粉が足らない。でも、もう申請は出しちゃったと困っているところに、教会の設備搬入で訪れていたノンが事情を聞いて、じゃあ、商会で申請すればいいんじゃないかとなって、二重の説明も兼ねてここに来たそうだ。

「えーと、それならなぜ、ミリーさんも？」

「……当然よ。来訪者が増えるってのは一般人もだろうけど、きっと冒険者も山ほどいるのよ。一般来訪者は警察でもいいけど、冒険者となると、こっちも厳正にしょっ引かないといけないから」

「なるほど」

「で、ティファニーさんには悪いんですけど、今回の年末大幅に来訪者が増えるという話で、年末の警備体制の見直しをしなくちゃいけないんです。その関係で、新規に年末の経費を算出したのがこれです」

「あ、分かると思うけど冒険者ギルドも増員だから、経費はギルド持ちだけど、どれだけ人員をとか話し合わないといけないからね。必要経費だから、認めてあげてね。テファちゃん」

「というわけで、商会からの申請はそのまま通してくれていいから」

「どうもー。すみません」

バサバサとテファの前に落ちる書類たち。

「もちろん、確認はしていただいて構いません。元が外交官であるルルア様、シェーラ様方からの連絡です。おそらくは、もうすぐ……」

「すみません。テファ代表至急確認して欲しい書類が外交部署の方から届いています」

「……見せてください」

私も横から覗くと、確かにルルアとシェーラの字で年末をウィードで迎えたい人が各国から大勢集まる模様。今年はさらに人が増えると予想ができるので、他の部署の連携をお願いします。と大まかにこんなことが書いてある。

「失礼します。セラリア女王陛下の使いで参りましたクアルです。年末の大幅な旅行者が……って、皆さん何を？」

「タイミングがよかったですー。予算増加の話ですかー？」

「え？　あ、はい。リリシュ様のおっしゃる通り、旅行者が増えると予想ができますので、セラリア様から、予算増加の書類をお持ちしました。お願いします。テファ会計代表」

「……はい。ありがとうございます」

すでに、テファの目は死んでいる。

当然だ。これから新たに渡された予算配分を決めて書類作らないといけないのだから……。

クアルもそのことを察したのか……。

「今年の年末は私たち近衛隊の半数も街の警備にあたります。私たちの方はセラリア様の命令範囲なので、特に経費の申請はありませんから、ご心配なく」

「……ありがとうございます」

書類仕事は一つ減ったのだが、目の前にある膨大な仕事がなくなるわけもなく、無表情で返事をするだけのテファ。

「……で、では私はこれで失礼いたします‼」

いたたまれなくなったクアルはすぐに部屋を脱出。

そして始まるのは……。

「ティファニーさん。追加予算の八割ほど警察の方に回して欲しいのですが……」

「ちょっと待った‼ ポーニそれはないよ。ねえ、先輩？」

「当然ですね。ここはさらなる商売の開拓に使うべきですから、私たち商会が八割ということで」

「いや、ラッツ。警備ができなくなるから」

「あのー、それだとー、教会の予算がゼロになりませんかー？」

予算の争奪戦。

その中でぽつんとたたずむテファ。

あ、これはまずい。

そう思った私は、ミリーを連れて外に出る。

「ねえ。いいの？　テファ、死にそうなんだけど？」

「いいのよ。ミリーをあの場においておく方が心配だわ」

「はい？　どういうこと？」

「ああ、ミリーは知らなかったのね。あの子が会計の代表になれたのは……」

『うっせーな‼　黙ってろ‼　クソ忙しいときに騒いでんじゃねーー‼　ちゃんと今までの書類を見て予算組むからおとなしく待ってろ‼　それ見てから抗議に来いや‼』

『『ひゃい⁉』』

「ね？」

「……凄いわね」

「私たちと一緒よ。怒ったら怖いのよ」

「あー、なるほど」

とりあえず、今年も乗り切れそうね。

ミリーを家に送ったら、テファにお菓子でも買ってあげましょう。

落とし穴84掘：いつもの年越し

Side：ユキ

只今の時刻、22時。

すでに、ウィードの街はお祭り騒ぎだ。

その中俺たちは、静かに自宅で過ごしている。

まあ、年末の過ごし方は人それぞれという奴だ。

お祭り騒ぎの街にくりだして、知り合いと飲んで騒ごうとする奴もいるし、俺みたいに家族がいる人は、こうやって家族と温かく過ごそうとする人もいるだろう。

「もうすぐ今年も終わりね」

横に座っているセラリアがそう言う。

子供たちは寝ている時間だが、子供たちの様子を見ているサーサリ以外はこの場にそろっている。

サーサリには申し訳ないと思ったのだが、旦那様と奥様たちの今年最後のお話を邪魔するほど野暮じゃありませんよ。とのこと。

あとでちゃんとお礼をしておこう。

なんかウィードで面白い新人冒険者を見つけて調教……、じゃなく、指導しているみたいだし、そっち方面で何か支援がいいかな。

彼女もこっちでちゃんと楽しみを見つけているようで何よりだ。

しかし、セラリアの言う通り今年も終わりか。

「今年も色々あったなー」

「そうねー。本当に色々あったわね」

本当に色々あった。

確か年越しを迎えたのは、タイゾウさんたちと決闘勝負をした時だ。

いやー、実際はヒフィー神聖国相手なのだが、俺たちとしては、タイゾウさんが一番の難敵だったわけで、タイゾウさんが一番印象に残っている。

そのあとは、ノーブル率いるエクス国の暗躍、コメットとは別のダンジョンマスターの存在。

エクス王都が生贄場になる可能性もあって、今までにない危険度を設定して臨んだ。

まあ、なんやかんやでノーブルの方とも和解が成立して、新大陸の方はお前らで管理しろよおらって感じで、ウィードに戻ってきたかと思えば、ウィードが独走態勢で発展していることをねたんでいる国の暗躍。

背景には、また神様連中。

さらに、その背景にランクスで取り逃がしたビッツ姫の存在があるなど、まあ元をただせば俺たちの詰めの甘さが原因とも言えなくはない。

「……本当に色々あったな」

「一気に疲れた顔になったわね」

「よくもまあ、次から次に問題が起こるもんだと思ってな」

「そうね……。でも、あなただから導けた結果よ。普通なら、もっと多くの血が流れていたでし
ょうね」

「そりゃな。根本的な考え方が違うからな。世界を支配なんてクソ面倒なだけだ」

「ふふっ。世界の覇者になるというのが面倒なんて回答は、いったいどれだけの人に理解を得
られるかしらね？」

「一般人にはかなり賛同を得られると思うぞ。国が争っていようが、そこに住む人々にとって
は安全であればいいしな。今の生活が崩れることが一番怖いからな。そういう形で世界に名を
残したいと思うのは、お偉いさんだけだろう。名誉や名声なんてのはそういった奴らしか必要
ないからな」

「……的確すぎてものが言えないわね」

「まあ、国をまとめるにはそういう、世界の覇者となるって目標の方が、色々とやりやすいの
は認めるけどな。分かりやすい目標であり、結果もシンプル。戦果を挙げればいいからな。富
や名声が欲しい奴、昇進したい奴、英雄なんてのになりたい奴は戦場を提供してくれる世界の
覇者を目指す人物にはついて行きたくなるだろう？」

「確かにね」

それでいったん会話が切れてお互いにお茶を飲む。

一息ついて、言葉を続ける。

「ま、そんな小難しいことは仕事の時間でいいだろうさ。今は年越しの準備だよ。さて、そろそろ年越し蕎麦の準備でもするかね」

「ええ。行ってらっしゃい」

「あいよー。キルエ、手伝い頼む」

「はい。お任せください」

そうして、キルエと一緒に年越し蕎麦の準備を始める。

ふいに、キルエが微笑みながらそんなことを言う。

「旦那様は今年も、凄いことをしたのに、お蕎麦を作るんですね」

「そりゃな。それとこれとは話が別だ。というより、俺にとっては毎年、蕎麦の出汁の方が難しいね」

「あら。そうなんですか？」

「今年最後の食べ物だ。それを不味《まず》い出来にはできないだろ」

「ふふっ。そうですね」

キルエも料理人を雇えばなんてのは言わない。

俺のライフワークだと知っているからな。

俺の蕎麦を楽しみにしてる家族のために他人任せにするわけにはいかない。

これは、ある意味一番難易度が高いだろう。

さーて、無駄な仕事のことなんか忘れて、煮込んでいた出汁の確認と……。

「うん。いい出来だ。じゃ、さっさと盛り付けしますか」

「はい」

結局のところ、俺がどんなに頑張っていようが、世界が変わろうが、俺の日常は変わらなかった。

朝起きて、仕事に行って、帰って、残業して、休日出勤して、休みにはゆっくりして、家族とすごして、こうやって年末も日本にいた時と変わらず過ごしている。

まあ、今年も慌ただしく過ぎて行った。

それだけだな。

……くそー。

何度も思うが、結局人の生活サイクルは変わりようがないな。

完成されていると言っていいだろう。

そんなどうでもいいことを考えつつ、年越し蕎麦を用意して戻る。

そこには、蕎麦を心待ちにしていた嫁さんたちが待ちに待ったという感じでこちらを見ていた。

なので、手早く年越し蕎麦を配り、俺の合図を待つばかりになる。

「長い話をしても、蕎麦が伸びてまずくなるだけだから、簡潔に、今年もありがとう。来年もよろしくな」

「「はい」」

「よし。じゃあ、いただきます」

「「いただきます」」

そう言って、みんなで年越しそばをかき込み始める。

「これを食べると、今年も終わりかーって感じがするわね」

「そうですね」

「そうじゃな。もうユキの蕎麦は定番じゃからな」

そんな話をしているのは、セラリア、ルルア、デリーユのお姫様組。

受け入れられて何より。

「今年も最後の最後まで忙しかったわ……。ああ、美味しい」

「ミリーは、後継なんとか見つけられませんかねー」

「なかなか難しそうね。冒険者ギルドとしては、ミリー以上の代表はいないから。あそこだけはウィードの一存では決められないわ。うん。出汁がいい感じです」

仕事の愚痴《ぐち》を言いながら食べているのは、ミリー、ラッツ、エリスの内勤組だ。

まあ、年末は本当に忙しいからなー。

「うーん。みんな大丈夫かな？」

「トーリは心配しすぎだって。ポーニは上手くやってるよ。早く食べないと、お蕎麦伸びちゃうよ？」

「……トーリは過保護すぎる。食べないなら私が代わりに食べてあげる」

「カヤ!?　ダメ!!　ダメだからね!!」

現在進行形で仕事の心配をしているのはトーリ、それをなだめたりからかっているのがリエルとカヤ。

警察組は文字通りリアルタイムで働いているからな。心配するのは当然だな。

いやー、年末も仕事の心配とかいやすぎる。

「お蕎麦美味しいね」

「美味しいのです」

「うん。ユキのお蕎麦ね」

「はい。いつものユキさんのお蕎麦です」

アスリン、フィーリア、ラビリス、シェーラは純粋にお蕎麦を楽しんでいる。

まあ、この子たちが今後のことを話しているとするとそれはそれで微妙だけどな。

それだけ、心配されているってことだから。

「あー、美味しい。と、そういえば、クリーナとサマンサは普通にお箸《はし》で食べてるね」

「そういえば、2人ともお箸の使い方が上手くなりましたね」

「ん。いつまでもフォークで食べるわけにはいかない。江戸っ子になる」

「なんで江戸っ子ですか。って蕎麦は江戸でしたっけ？　そこはいいとして、お箸は慣れると便利ですから」

なんか色々偏見がある気がするが、リーア、ジェシカがクリーナ、サマンサを見て驚くのはわかる。

2人は、まだウィードの年越しは二回目なのだ。

つまり、一年とちょっと、まあ一年もあれば箸ぐらいと思うだろうが、箸をゼロから覚えようとすると結構難しいというのはよく聞く。

「キルエ先輩。二度目ですけど、本当に旦那様のお蕎麦の出汁って美味しいですよねー。レシピとか知りませんか？」

「教えるわけがないでしょう。これは旦那様が私たちのためだけに作ってくれたものです。他の人に公開するものではありませんよ」

「やっぱりダメかー。自分で研究かな」

いつの間にかこっちの様子を見に来たサーサリはあっさりと退けられる。

キルエの鋭い一言で、別に教えていいよとは言えなくなったのだが、まあサーサリが独自に出汁の研究をするのは美味《うま》い物が増えるきっかけになるからいいだろう。

ちなみに子供の面倒は蕎麦を食べるときだけ、アスリンのクロちゃんたちに任せている。

「変な食べ物ね。美味しいけど……」

「お兄様が用意するもので不味いものはないんですよ？」

「お兄の料理は美味しい。寮の食べ物とは違う」

ドレッサは初めてのお蕎麦だろうからな。

灰色の麺は変に見えるんだろう。クリーナとかサマンサも恐る恐るだったし、よその国の食文化というのは往々にしてそういうものである。

あと、ヴィリアの言葉は嬉しいが、合う合わないがあるからな。

ヒイロは比べる場所が間違っている。大量生産の学校寮とは使う材料も効率とかも違うからな。

そんな感じで各々楽しみながらお蕎麦を空にする頃には……。

「あら、もうすぐ0時ね」

セラリアの言葉に全員の視線が時計に集まる。

只今の時刻は23時58分。

今年もいよいよ終わりか……。

「10」

「9」

「8」

「7」

アスリンたちが前年と同じようにカウントダウンを開始して、俺たちはそれを静かに聞く。

ドレッサたちもカウントダウンに加わり、にぎやかさを増して、今年が……。

「3」

「2」

「1」

「「「0」」」

終わった。

皆はお互いに顔を見合わせて……。

「「「あけましておめでとうございます」」」

新しい年を迎えたのだ。

「「「今年もよろしくお願いいたします」」」

さーて、挨拶も終わったことだし、食器の片付けをして、寝ますかね。

今年は人がさらに多いって話があったし、わざわざ深夜から人ごみに突っ込む理由もない。

そう思っていたら、いきなりセラリアがポンポンと手を打って、みんなの視線を集めた。

「さて、これより福袋確保作戦へと移るわ。今年は例年より人が多いから、早めに並ばないと確保はできないとみるべきでしょう。リリーシュ様から頼まれた福袋もあるから、子供の面倒を見るメンバー以外は出撃するわよ‼」

「「「了解‼」」」

「はい？」

俺がその一言を言った瞬間、何言ってんだこいつという視線が俺に突き刺さる。

「そういえばユキは知らなかったみたいね。今年は、他国からの商店の参入も増えて、福袋の種類もかなり増えたの。だからみんなで協力して、全員分とはいかなくても、各店舗一袋は確保しようって話になっているのよ」

「お兄さん。ガルツの有名装飾店が福袋を出すって言っているのでそこは外せないんですよ。今から並ばないときっと間に合いません。そこを、頼みますね」

「えーと、セラリア？　ラッツ？　皆さん？　俺も手伝うの？」

「「当然」」

そして、外へ引きずられて行く俺。

くそー、変わらない年越しではあったが、新年3が日はさらに忙しくなりそうだ。

徹夜って禁止じゃないんですかーーー!!

来年は絶対徹夜は禁止する法案つくってやるわ!!

これが、俺の新年の抱負であった。

落とし穴85掘：正月は飲め　女子会暴露大会

Ｓｉｄｅ：ユキ

「いえーい‼　あけましておめでとぅ‼」

玄関にはそんな超ハイテンションで、酒瓶を掲げている、美女と言っていい人物が立っていた。

その女性の名をルナと言って、上級神という立場で複数の文明が存在する星を管理するという凄い人なのだが……。

「さ、飲むわよーーー‼」

今は……違うな、最初からそんな凄い肩書を台無しにする駄目神であり、駄女神である。

まあ、こういうノリだからこそ、面倒な管理職なぞやっていられるのだろうが、それで被害をこうむる俺にとっては迷惑である。

俺は軽くこめかみを押さえつつ、後ろに従いついてきている、なんちゃって神共に話を聞くことにする。

「で、なんで家にきた？」

「えーっと、ルナ様がー、ユキさんのお家がいいってー言っていましてー」

そんな間延びした回答をするのはリテアが祀る愛の女神であるリリーシュ。

「すみません。ルナ様が止まらなくて」

「ごめんなさい、ごめんなさい」

謝りながらペコペコ頭を下げているのは、ヒフィーとノアだ。

……どう見てもこの二人は被害者だな。

「で、なんで俺の家なんだ？」

「えー？　それを聞いちゃう？　聞いちゃうのかな？」

うぜぇ。

「仕方ないわねー。朴念仁のあんたにも分かりやすく簡潔に教えてあげましょう‼」

初めての時みたいに、玄関閉めていいか？　なぁ？

「こんな美女軍団が外で飲んでみなさい。狼たちが群がるでしょう？　それじゃ、ゆっくり飲めないじゃない。だからここに来たわけよ‼」

「自分の家で飲めよ。ウィードにあるだろうが。自宅が。あと、俺も男だぞ」

「あははは‼　何を言ってるのよ。ごはんとおつまみが出てこないじゃない。あと、あんたが私や人妻、そしてその友達を襲うような根性があるわけないじゃない」

「根性がないじゃなくて、常識があると言え。で、ごはんとおつまみは俺の家だからって自動的に出てこないぞ、俺に作れってか？」

「そうよー。じゃ、任せたわねー。お、ミリー、あけましておめでとー‼　お酒持ってきたよ‼」

「本当⁉　すぐ飲みましょう‼」

「よしきた‼」

俺を無視してさっさと旅館の奥に消えていくルナ。

おいこら、人の嫁さんを篭絡してんじゃねーよ。

しかも妊婦さんだよ。

ちっ、とりあえずこれで、俺は料理人決定か。

あんの、駄女神が……。

「ごめんなさいねー」

リリーシュがそう言ってくる。

まあ、あれを止められるとは思わないから、責めるつもりもない。

とりあえず、この3女神は常識があり、一応俺の招きがないと上がり込むようなことはしないので、このままだと玄関に棒立ちになる。

……なるほど、ここにわざと3人を置いていきやがったな。

俺が案内するしかない状況にして、お小言を言いにくいようにしたわけか。

「……ん？　3人？　他の連中は？」

そういえば、なぜか他のなんちゃって神がいない。

女性メンバーだけだ。

この前の打ち上げでは普通にいたのになんでいないんだ？

「えっと、それがですね。年明けの飲み会は女子会をしてから、全員の飲み会に移るとお達しがありまして……」

「ノゴーシュたちは、ノーブル殿の方の居城で飲み会をしているのよ。で、私たちはルナ様が場所を押さえているって言われて、ついてきてみればここだったの……」

なるほど。

やっぱり確信犯か。あいつ。

というか、この後も飲む気かよ。

「とりあえず、上がってくれ。ルナの被害者というのは分かったし、アレの抑えにも欲しいからな」

「ありがとうございますー。でもー、ルナ様を物理的に押さえられるのはユキさんぐらいだと思いますよー？」

「抑え、抑止力の方な。あれを単独にすると、枷が外れるからな。嫁さんたちの手を煩《わずら》わせたくはないから、そっちでなるべく止めるように。まあ、ごはんやつまみの方は、どうせ大人数だし、数人増えても問題はない」

そんな感じで、3女神をルナが飲んでいる宴会場に放り込んで、ごはんの準備に取り掛かる。

「さてー、お客さんも来たし、ちゃっちゃと作るか」

「はーい」

「はいなのです」

「分かったわ。でも、ルナの気持ちも分かるのよね。ここだと、ユキ以外は全員女性だし、ゆっくりできるもの」

ラビリスの言うことは理解できるが、いきなりはやめてくれ。

「でも、事前に言っても断るでしょ？」

「当り前だな。というか、家を空にしてみんなを連れてプチ旅行に行ってるな」

「そういうことよ。だから、ルナは連絡なしで来たんでしょう。ある意味、ユキの性格を把握してるからこその行動ね」

だろうな。

確信犯だと俺も思ってるから。

「まあ、仕方ないわよね。年明け早々、福袋並びに付き合わされたから、のんびりしたいっていうユキの気持ちも分かるわ」

そう。

俺が邪険にしていた理由はそれもある。

現在1月1日の11時10分頃。

福袋確保のため深夜から並んで、ようやく手に入れて、戻ってきたばかりなのである。

嫁さんたちはもちろん福袋の中身を見て、戦果確認中。

俺は昼ご飯を作ったら寝るつもりだったのに、ルナが来たんじゃ眠れるわけもない。

なんだ、俺は異世界の自宅でも家事という仕事に追われるのか？

なんか、日本にいた時より労働環境が悪化している気がするな……。

いや、嫁さんたちのためもあるし、頑張りどころか。

お父さんは大変という奴か……。

まあ、そんなことを考えつつも、料理はできたので、さっさと運ぼう。

ちなみに、おせちではない。

だって、おせちはすげー時間がかかるし、あれは、文字通り日本食だからな。

適当に豪華なごはんという感じだ。

さすがに戦場帰りでおせちを作る元気はない。

「お、来たわねー。こっちよ、こっち!!」

「あ、ユキさーん。このお酒本当に美味しいですねー」

「本当ですよね。お酒ばんざーい!! かんぱーい!!」

「「かんぱーい!!」」

なんかすでに出来上がっているのが、ルナとミリーとナールジアさん。

ナールジアさんはミリーが呼んだんだろうな。

ミリーのおなかが心配ではあるが、治療のエキスパートどころか、一応神様もどきもいるから大丈夫だろう。

飲んでるのも神酒だしな。

日本版エリクサーみたいなもんだし。

ま、話しかけるとろくなことにならないのは目に見えているので、さっさと料理を置いて遠ざかり、他の席に運ぶ。

「へー。あのノゴーシュとファイデはノーブルの所でね。はい、リリーシュ様、お酒」

「あ、どうもー。まあ、むさくるしいのは嫌ですからー。私としてはありがたいですけどねー」

そう言ってのんびり話して、ゆっくり飲んでいるのはセラリアとリリーシュ。

セラリアたちがここにいるってことは、福袋の中身の確認は終わったのか……。

その横にはノノアやヒフィーも座って、他の嫁さんたちと談笑をしていたのだが……。

「そういえば、リリーシュ。あなた、ファイデにやけに毒を吐くわよね」

「そういえばそうですね。リリーシュにしては不思議なくらいです。何かあったんですか？って、色々あったんですよね。そういえば」

確か、リテアが困ったときにそっぽ向いたって話だったか？

あれ？　でも何かおかしくないか？

「それを言うなら私たちもじゃないかしら？　手を貸さなかったのは私たちもだし。ノゴーシュとも打ち上げの時には普通に話はしてたわよね？」

「ファイデさんだけですか？」

そう、リテアに対してそっぽ向いていたのは、なにもファイデだけじゃない。

ノノアやノゴーシュも同じだ。

というか、恨みの度合いからすれば、土地を持たないファイデよりも国を持っていた両名が何もしなかった事実の方が恨まれて当然のはずだな。

「あらー？　ヒフィーちゃんはともかくー。ノノアやノゴーシュは私とファイデのこと知らないのねー？　てっきりあの土いじりが喋っているかと思ったのにー」

「え？　何かあったの？」

「何かあったんですか？」

「うーん。こんなめでたい席で言うことじゃないんだけどー。知らないのは今後問題だから言うわねー。土いじりとは元夫婦なのよー」

「「「ぶっーーーーー!?」」」

その場にいた全員が噴いた。文字通り火山の如く。

「げほっ。ちょっと待ちなさい、リリーシュ。あんたとファイデが夫婦だったとか初めて聞いたわよ!?」

「ルナ様。当然ですよー。私のー汚点を話すわけないじゃないですかー」

「汚点ってまあ、よくもそこまで言うわね。とりあえず、改善の余地はない感じ？」

「ありませんねー。私と娘が頑張って教会を作っているときに、一人だけ反対して、土いじりばかりしてたんですものー」

「ちょーっと待ちなさい!!　むすめ？　娘!?　子供がいたの!?」

「はいー。可愛い自慢の子でしたよー」

「でしたって、亡くなったのね。それでか……」

あー、それは根が深そうだ……。

「いえー。別に娘が死んだのは寿命ですしー。神様ってわけでもなかったら当然ですよー。そこはいいんですけどー、多くの人のために頑張ってたのに、あの男はそういう世俗にかかわるのはよくないって言ってたんですよ？　神なのに意味が分からないですー」

「……方針の問題ね」

なるほど、ファイデはあくまでも人は人の力で頑張るべきだって感じで、こっそり手助け程度がいいと思っているんだろう。

対して、こっちのリリーシュは自分と娘で教会を作って、自分の手で人々を助けようと思ったわけだ。

「ん？　ちょっとまて。リリーシュ、今、娘と一緒に教会作ったって言ったよな？」

「はいー。そうですよー」

「その教会はリテアだよな？」

「当然じゃないですかー」

「ということは、初代リテアの聖女は……」

「私の娘、リテアですよー」

新事実発覚⁉

というか、リテア教会がリリーシュを祀ったのも当然の帰結。

自分の母親が女神様だから‼

というか農耕神とのハイブリッド‼

「残念なことはー、リテアが救世に力を入れすぎて、結婚をしなかったことですねー。ま、そこはいいんです。そんな頑張っている娘の手助けもしない、あの男とは縁を切ったというわけですよー」

ある意味、神の在り方以上の問題だな。

子育て方針の違いでしかも、娘は母親をとったと。

そらー、今まで顔を出さなかったわけだ。

よく、今回顔を出したな。

俺ならパスしたいところだ。

で、そんなことを聞いて、全員驚いてはいるのだが、一番驚いているのは、もちろん、リテアで聖女を務めていたルルア。

「リテアの創設者であり、初代リテアの聖女様が、リリーシュ様とファイデ様のご息女⁉　こ、これは、アルシュテール様に連絡をとって、聖書の一文に……」

「あー、ルルアちゃん。ファイデの名前はいらないわー。私が一人で産んだってことでー」

「え、えーっと……」

「ルルア、やめとけ。今回の話はオフレコ。口外しても混乱するだけ。そして、リリーシュとファイデにはノータッチで行く。いいなみんな？」

こくこくと全員が頷く。

「はぁ、その分だとよりを戻すことはなさそうねー」

「あり得ませんねー。あの男と結婚をしたのは一時の気の迷いという奴ですねー」

愛の女神がなんかとても言ってはいけないことを言っている気がするぞ。

「だからこそ、他の人たちは幸せな愛溢《あふ》れることに尽力しますよー。私のように馬鹿な男と出会わないようにー」

そういう意味で愛の女神かよ!?

ある種のファイデに対する意趣返しか!?

「……ま、顔を突き合わせて、殺し合いもしないだけましでしょう。今回のことで、また縁が戻ってくるんじゃないかしら?」

「あり得ませんよー。ぜぇぇぇったい‼　あり得ませんよー?」

「はいはい。とりあえず、今は楽しく飲みなおしましょう。かんぱーい‼」

「「かんぱーい‼」」

そう言って、飲み会が再開される。

しかし、これは聞いていた唯一の男である俺がフォローに回らないといけないんだろうなー。

落とし穴86掘：正月すぎてのんびりと

Side：ユキ

「ふいー……」

俺は今至福の時を迎えている。

現在の日付1月4日。

基本的に、世間でいうお正月とされる3が日は過ぎ、世の中は俗にいう帰宅ラッシュとなる。

それは、地獄の行軍。

延々ではなく、永遠に近い一瞬という渋滞の中、車で過ごし、帰りもひーひー言うのだ。

遠方からの帰郷などは、果てしなく金もかかる。交通費がゼロとはいかないからな。

そんな中、のんびりできるのは、本家というか、地元住まいの人々である。

そう、俺はそんな勝ち組の地元住まいである。

いや、帰郷できないからウィードなんだけどな。

さてここで疑問なのだが、異世界で帰宅ラッシュがあるのかというと、ある。

というより、ダンジョンのゲートを使ったからと言っていいだろう。

帰郷自体は存在するが、年明けで騒ごうという余裕はそこまでなく、今までは厳かな年越しであったらしいが、ウィードができて、日帰りで娯楽を楽しめるというのだから、各国から物見遊山で遊びに来る人が増えたと言うわけだ。

その結果、この1月4日は、すでにウィードの露店は終わり、商店の福袋は品切れとなっているので、留まる理由がなくなった人々は帰郷で大忙しというわけだ。

無論、ウィードの入国管理課は泣いているが、俺の管轄ではないので、俺はのんびり自宅の部屋の炬燵に入りながら、熱い茶を啜《すす》るという贅沢《ぜいたく》を行っているわけだ。

「のんびりですねー。あ、みかんもらいますね」

「おう」

そう言って、ミリーがみかんを手に取り食べ始める。

炬燵とみかんは冬の最強コンボの一つであろう。

ちなみに、ミリーだけでなく、トーリ、リエル、カヤと一緒にのんびりしている。

現在、妊娠中メンバーだ。

他の嫁さんたちは、3が日でたまった仕事の確認とか、子供たちの面倒をみたりと色々動いている。

アスリンたちは無論遊びに出ている。

「しかし、ミリーの妊娠は分かってたけど、トーリたちの妊娠が分かったのは、ノゴーシュ捕縛のあとだったからなー。無理してなかったか不安だったよ」

打ち上げの時はつわりでリエルが逆流《リバース》してたしな。

「大丈夫ですよ。リリーシュ様は問題なしって言ってましたし」

「僕も大丈夫だったんだけど、最近はなんか一定の食べ物が食べられなくなったなー」

「リエルはきっと妊娠で体調が変化した。私の村にいた妊婦もそんな話をしていた」

妊婦さんの食べ物の好みが変わるというのは結構聞く話だ。

だが、俺は結局のところ男なので、ミリーたち妊婦のことは話でしか分からない。

こういうところは難儀だよなー。

できることは、なるべく気にかけて、無理をさせないように、こうやってのんびり炬燵でみかんを食べることぐらいだろう。

「そういえば、トーリたち3人は警察メンバーでしょう？　さすがに、3人とも離れて大丈夫なの？　カヤの農業の方は大丈夫そうだけど……」

「大丈夫ですよ。ポーニはよく働いてますから」

「だねー。書類仕事が少なくなって助かるよー。ポーニはいい署長さんだよ」

「ミリーの言う通り、冬は畑が基本的にやることがないし、ビニールハウス作業ぐらい。警察署の方は、警備関連の増強を前もってやってるから何も問題はない」

「ああ、そういえば臨時予算の追加はされてたわね」

去年の年末は各国の情報から、ウィードはさらに観光客の増加が見込めたため、慌てて臨時予算を組んで、各部署、人員の増強をしたのだ。

おかげでさしたる問題もなく、年末、正月は終わったわけだ。

現場は騒然だったろうけどな。

「テファは頑張ってたわね」

「……そうだね」

ミリーとトーリがなんか遠い目をしている。

ああ、２人は臨時予算配分で会計の方に相談というか、自分の所により予算をーって感じで、行ったわけか。

いや、ギルドは別組織だから、増員を頼んだ形だっけ？

まあ、年末に仕事が増えたってのは変わりがないか。

会計のエリスも現代表のテファも大変だったろう。

なにせ、他の部署代表からは、もっと予算をって話になるからな。

「ん？　あれ？　仕事の話だっけ？」

「……いや、妊娠の話じゃ？」

「ちょっとまって、それより前があったような……？」

そして、何か話がずれていることに気が付いたリエルが疑問を言って、トーリが一個前の話にもどって、カヤがさらに前があった気がするという。

「みかんだっけ？」

ミリーは半分ほど食べているみかんを持ち上げる。

それで俺も思い出した。

「ああ、確かのんびりだなー。って話から、発展したんじゃなかったか？」

「そうそう。ユキさんが私たちのことを心配して……」

「ミリーが、私たちが抜けて大丈夫かって話になって……」

「予算の話になった」

そんな流れだったな。

「まあ、そんな感じで周りは忙しいけど、俺たちはのんびりできるから幸せだなーってことだな」

「そうですねー」

「炬燵でぬくぬくだしね」

「みかんも美味しいですし」

「これは無敵」

カヤの言う通り、炬燵、みかん、半纏は冬の三種の神器とも言われるからな。

「というか、3日まで忙しかったしなー。元旦の福袋確保は文字通り徹夜だったし」

「あー、ありましたね。私たちはお留守番でしたけど」

「仕方がないよ。おなかの子に負担はかけられないし」

妊婦さんメンバーは、さすがにあの福袋確保作戦に参加はしていない。

それぐらいはセラリアたちにも良心があったわけだ。

だが人員は減るので、数多の戦場を潜り抜けることになったんだが。

ちなみに、ミリーの所望した福袋は銘酒が入った福袋、トーリは冬の可愛い防寒具の有名店の福袋。

　どっちも福袋を狙った猛者たち主力が集まっていた。

　スティーブたちを援軍で呼んだのは間違っていなかったわけだ。

「そのあとは、ルナが酒瓶もってやってくるしな」

「美味しかったよねー、あのお酒」

「とても美味しかった」

　福袋を確保してようやく休めるかと思ったら来たんだよな、ルナが。

　まあ、神酒だから妊婦が飲んでも問題ないものを持ってきてくれたので、ミリーやナールジアさんだけでなく、リエルやカヤも大絶賛のお酒だったわけだ。

　さすが神酒と言われるだけある。

　しかし、結局、俺は料理と後片付けの役なので大変だった。

「2日、3日は他国のお偉方が挨拶に来たしな」

　ルナが終わったかと思えば、2日から他国からのお偉方が、新年の挨拶に来るので、対応しなければいけないし、それに合わせた準備もあったので、もう大忙しだった。

　正直、ゲートを年末年始は封鎖した方がいいかなーとか、思ったりした。

　まあ、幸い一週間とか滞在するわけではなく、ウィードのゲートを使った他国交流をちょろっとして戻るような感じなので、ありがたくはあるのだが。

「とまあ、俺にとってはようやく手に入れた平穏ってわけだよ。あむ」

みかんを剝いて口に放り込む。

そう、ようやく手に入れたのんびり時間。

クソ忙しいことはようやく終わったのだ。

家でゴロゴロすることこそ、俺の今の使命。……ではない。

今日は予定があったな。

「忘れてた。まあ、そこまで面倒なことじゃないからいいか」

「何かあるんですか？」

ミリーが不思議そうに、何かあったっけ？と首を傾げている。

「面倒じゃないって言っただろう。ただの俺の趣味だよ。セラリアたちの福袋みたいなもんだ」

「何か買い物に行くんですか？　なら私も……」

「あ、トーリだけなんてずるいよ。僕もいくよ」

「私は、炬燵でみかん食べてる」

トーリとリエルは俺についてくるつもりなのか、腰を浮かせて準備をしようとしている。

カヤは寒空についてくる気はなく、無敵装備で家にこもるみたいだ。

「まてまて、出かけるわけじゃない。来客予定があるんだよ」

「来客ですか？」

「聞いてない」

「そりゃ、よく来てるメンバーだからなー。わざわざ仰々しくお出迎えすることじゃないんだよ」

「よく来てる？」

「誰だろ？」

「あむ。タイキやタイゾウじゃない？」

カヤがみかんを食べながら当ててくる。

「そう。タイキ君にタイゾウさん。あとはザーギスだな」

「あー、いつものメンバーですね」

「何するんですか？」

そりゃー、仲のいい野郎どもが家に集まってやることと言ったら……。

ピンポーン。

お、来たみたいだな。

俺は炬燵を出て玄関に向かう。

すると、すでに護衛のジェシカとクリーナが対応していた。

というか、お互いに深々と挨拶をしていた。

リーアとサマンサはショッピングに行っている。

「あけましておめでとうございます。今年もよろしくお願いいたします」

「あ、はい。あけましておめでとうございます。こちらこそ、今年もよろしくお願いいたします」

「ん。あけおめ。ことよろ。で、今日はどうしたの、タイキ？」

「あけおめー。ことよろ。ってクリーナはなんか日本語が俺たち学生にちかいなー。どこで覚えたんだ？」

「マイ、バイブル。漫画」

「変な漫画を参考にしてないだろうな」

「大丈夫。そもそも、スキルの効果である程度の日本の常識は知っている。だから、そっち系のは参考にしていない。あと、私やサマンサが恋愛漫画にいるようなキャラだったと知って、正直微妙だった。さぞかし、あの時２人は楽しかったことだと思う」

「……いやー。どうだったかな……」

いやいや、タイキ君はサマンサを見ては大笑いして、クリーナのことは定番キャラで興奮してたじゃないですか、やだー。

とりあえず、話が脱線しているし、玄関で話し込むのも寒い。

「俺が呼んだんだよ。４日にはみんな落ち着いてるだろうってな。あと、ザーギス、あけましておめでとう。今年もよろしく」

「はい。あけましておめでとうございます。今年もよろしくお願いいたします」

「じゃ、上がってくれ」

そういうことで、みんなを宴会場ではなく、俺の部屋へ通す。

「あれ？　ユキさんこっちに来たんですか？」

「ああ、別に今日は飲み会ってわけじゃないからな」

ミリーは俺が3人を連れて部屋に戻ってきたのを不思議そうに見ている。

部屋の中は暖房であったかいので、実は炬燵はそこまで必要ではないのだが、まあお約束という奴だ。なので、3人は問題なくテレビの前に陣取る。

「何か面白い映画でも見るの？　僕は忠臣蔵がいいかなー」

リエル残念。映画を見るわけではない。

そう、休みで男どもが自宅に集まって、酒を飲まないのであれば、やることはただ一つ。

「ゲーム大会だよ」

「ゲームたいかい？」

トーリは首を傾げる。

そう、ゲーム大会。

寒い日でも、外に出ずにみんなで楽しめる遊具。

ソフトの分だけ、楽しみがある、素晴らしいゲーム‼

まあ、ネトゲーとかじゃないからできて4人対戦ぐらいだけど。

「さーて、まずはどれから行きましょうか」

タイキ君がソフトを並べて悩んでいる。

「私はこういうことは初めてだからな。よく分からない。分かっている君たちに任せるよ。一応練習だけはしてきた」

「いえ。残念ながらタイゾウさん。私もこういったことは不慣れで、同じように一応練習だけはって感じですね」

まあ、タイゾウさんとザーギスはもともとゲーム世代というか、そんなものが存在しない生まれだからな。

「ここは、まず、ガリオカートだろ」

「定番ですねー。じゃ、それで行きましょう」

最近のガリオカートは携帯ゲームに移行しネット対戦になっているので、分割型の旧式を用意している。

名機86のガリオカートだ。

86はパーティーゲームが多いからみんなで結構楽しめるものが多い。

「まずはレース勝負。そのあとは風船割りのバトルロワイヤルでいいな」

「いいですよ」

「うむ。それなら私も大丈夫だ」

「やるからには負けませんよ」

そんなことを言いつつ、シグナルが……赤から青へ……変わった‼

全車一斉に飛び出して、第一コーナーへ差し掛かり、アイテムを手に入れて、妨害上等のカートレースが幕を開ける。

気が付けば、嫁さんたちも巻き込んで、ゲーム大会になっていて、予選と本選という大規模な大会になっていた。

まあ、無論、俺やタイキ君で1位と2位を取って圧倒的勝利。

「来年は勝つ」

「要は慣れと、効率化ですね」

と、リベンジを誓う、タイゾウさんとザーギスはよかった。

「あなた。明日からちょっと付き合いなさい」

「そうじゃのう。大乱闘とはいえ、あそこまで気分よくやられると、悔しいからのう」

と、嫁さんたちがマジになるとは思わなかった、だって大乱闘は仕方なくね？

練習したわけでもない嫁さんたちが勝てるわけないじゃん。

番外編　どちらも初めて

Ｓｉｄｅ：クリーナ

「……様。……か様。かか様」

そんな声が聞こえてきて、体が揺さぶられていることに気が付く。

なんだろうと思いつつ、重い瞼《まぶた》を開けるとそこには、目が覚めるような紅の色が目に入る。

私の髪に似ている……そんなことを考えていると、小さなかわいらしい顔がのぞいていることに気が付く。

「かか様、おきた？」

「はっ、秋天！　どうしたの、何かあったの？」

私の子供、そう、間違いなく私の子供である秋天が私を起こしていた。

つまり何かがあったということ。

その事実に覚醒し、ガバッと起きたのだが、秋天は特に焦った様子はなく。

「目覚ましなったから止めて、起こしてる」

「あ、もうそんな時間？」

時計を見ればすでに6時を回っている。

もうすぐ朝ごはんの時間だ。

なんということか、私は娘に起こされたらしい。

つまり……。

「秋天はいい子。賢い」

そう、私を思って起こしてくれたということ。

どこからどう見ても天才の所業。

ということで、抱きしめて頭をなでなでする。

「かか様、秋天このぐらいできる」

「ん。でも当たり前のことをちゃんとできるのはすごいこと」

謙遜をして驕らないというのも素晴らしい。

この子は将来大物になる。

なにせ私の子供なのだから。

そして一通り撫でた後、秋天を放してベッドから起きる。

「さ、着替えてごはん」

「はい、かか様」

私の言葉に秋天はいそいそとタンスを開けて服を取り出す。

秋天が取り出した服は和服ではなく、普通の洋服。

和服もあるんだけど、着付けが大変でそこまで着ていないし、他の子供たちも洋服だからだ。

そんなことを考えているうちに私は着替えを終えて、秋天も着替え終える寸前。

後は靴下をはくだけなんだが、片足を上げてバランスを崩しそうになっている。

なので、そっと後ろから支える。

「かか様？」

「ゆっくりでいいよ」

「はい」

ということで、ちょっとではあるけど、秋天の着替えを手伝ってから、手を繋いで一緒に部屋を出る。

秋天が私の子供になって以降、基本的に私の部屋で寝泊まりをしている。

もちろん一人の部屋も用意してくれたんだけど、秋天が私と一緒がいいということで一緒に暮らしている。

色々あったけど、今ではこの子が来るためのことだったと思える。

そして、いつもの食事の宴会場に到着する。

「お、来たな」

真っ先に私の夫であるユキが気が付いて。

「あ、秋天ちゃんだー」

「おはよーなのです」

アスリンとフィーリアは秋天を見てすぐに挨拶をしてくる。

「おはようございます。アスリンかか様、フィーリアかか様」

「うん、元気そうだね」

「挨拶が出来ていい子なのです」

私と同じように2人とも秋天の頭をなでなでする。

ちなみに、秋天はアスリンやフィーリアをかか様と呼んでいる。

ユキの奥さんはすべてかか様というわけだ。

何も間違いではない。

「どうだクリーナ。秋天との生活は問題あるか？」

「ない。秋天はいい子。さすが私とユキの子」

「あはは、そうか。とはいえ、ワガママをいってもいいと思うけどな」

「ん。子供はわがままを言うもの。今は遠慮しているのもあると思う」

何せ我が家に来たのはつい数日前。

緊張していることだろう。

「でも、部屋では絵本を読んだり遊んだりしている。サクラやスミレとも」

「ああ、それは聞いたな。ちゃんとお姉ちゃんやっているんだな」

「ん。だからとてもいい子。しばらくは自由にさせていいと思う」

「だな。子供は遊ぶのが仕事だ。それでいい」

そう、秋天は間違いなく子供。

大人のあれこれを手伝う必要なんて微塵もない。

あの子の人生はこれから始まるんだ。

そんなことを話しているうちに、朝食の準備が整う。

朝はパンとご飯と自由に決められるんだけど、最近は秋天のこともあって、和食、つまりご飯が多い。

まあ、もちろんご飯だけというわけでもないのだけど。

「しゅておねえ」

「ぱんたべるー?」

「うん。ありがとうサクラ、スミレ」

「「えへへー」」

と、目の前で差し出されたパンを受け取って頭を撫でてあげる秋天。

そして頭を撫でられて喜ぶサクラとスミレ。

どちらも可愛い、そして思いやりがある。

そんな姿を眺めながら、私たちは朝ごはんを食べる。

意外なことに秋天はちゃんと作法を知っていて、お箸を器用に使って食べるのだ。

まあ、日本出身なら普通なのかな?

とはいえ、背筋は伸ばして器用に、綺麗《きれい》に食べる。

よほど礼儀作法を叩き込まれたんだろうというのが傍《はた》から見て分かるのだ。

なんというか、私はその手の教育は受けたけど、凄く窮屈だったのを覚えている。

なので、当初は無理しなくていいと言ったのだが、秋天は首を傾げるばかりだった。

私は不思議だったのだが……。

『小さい頃からの教育で、特に疑問も持たないものですわ。ねえ、シェーラさん』

『そうですね。こういうのが私たちにとっては当たり前でしたから、他の当たり前を知りませんでした。まあ、知ってしまうと窮屈だというのは分かるのですが。今はこのままでいいかと』

と、サマンサとシェーラから言われて、セラリアとかも苦笑いしながら頷いていた。

なるほど、私は爺、お師匠からそういう意味では大事に育てられたと言っていいかもしれない。

あんな窮屈な貴族の生活は割には合わないし。

と思っていたけど……。

『心配なのは、お友達作りですわね。クリーナさんはそこらへんまったくダメでしたから』

その容赦ないサマンサの言葉に胸を抉られていた。

否定できない事実にうめくしかできない。

何せ友達はいらないと思っていたし、小さい頃遊んだ記憶もない。

爺から許可をもらって本を読みこんでいた。

それで十分と思っていたし。

だからこそ、私はランサー魔術学院に放り込まれた。

そんな心配はあったけど、今では……。

「秋天はサクラたちと仲良しですわね」

「ん。我が子は友達作りが上手い」

「そのようですわね。まあ、姉妹がいるというのはそれだけ関係が広がるのでしょう」

「確かに、つまり、私に友達がいなかったのは妹や弟がいなかったせい。社交性が育たなかった。つまり、爺が悪い」

「はぁ、別にファイゲル様だけが悪いわけじゃないでしょうに。村に住んでいたと聞いていますし、ただ単にクリーナさんが周りと関係を持とうとしなかったのが問題では？」

「あーあー、聞こえない」

「はぁ、ま、今日はお休みですし、ゆっくり過ごすのでしょう？　そういうことも色々お話しするといいですわ」

私の行動にサマンサはため息をつきつつ、今日のことについて言及してくる。

今日は、私はお休みで、秋天と過ごすつもりだ。

だから、今後のことも含めて色々話してみるといいと言っているのだろう。

「ん。秋天と色々話す」

「ええ。それがよろしいですわ。あと、何かあれば連絡を。秋天は私にとっても娘なのですから」

「そこは当然。何かあればすぐに連絡をする」

子供に何か危険が迫れば家族で対応する。

それが我が家では当然。

そんなことを話していると朝食が終わり、食べた食器を一緒に片付けて部屋へと戻ってくる。

「お腹いっぱい」

「ん。朝ごはんはしっかり食べた。さあ、これからどうしようか」

部屋に戻った私と秋天はとりあえずこれから何をするかを考えることにする。

秋天と過ごすとは言ったけど、何をするかはさっぱり決めてないのだ。

「あ、かか様。お風呂はいいの？」

「ん。そういえば朝のお風呂はまだだった。昨日は夜更かししたから、起きれなかった」

「でも、夜更かし楽しかった」

昨日は夜遅くまで秋天のために絵本を読んでいたから朝が起きれなかった。

普段から娘の秋天に起こされるようなことはしていない。

「じゃあ、お風呂の準備をしよう」

「はい、かか様」

といってもお風呂の準備はタオルと下着を持っていくだけ。

浴衣は脱衣所に常備されているから、着替えは持っていく必要はない。

まあ、外に出るなら着替える必要はあるけど、まずはすっきりしよう。

かぽーん。

そんな音が響く家の温泉に辿り着く。

「いつ見てもすごい」

「ん。大きなお風呂は気持ちいい」

秋天はいつも目を輝かせて、私も大きなお風呂には満足。

部屋のお風呂は小さくて、私と秋天で入るとぎゅうぎゅうになってしまう。

もちろん、小さいからこそ目が行き届くというのもある。

サクラとかスミレがこっちのお風呂にくるとコケるとかもあって心配だった。

でも、秋天はそういうことはほぼないからこうして安心して連れてこれる。

本人もこのお風呂は好きだし。

「さ、体を洗う」

「こっち」

ということで、シャワーとかで体を洗う場所、洗い場、流し場に行ってお風呂に入る準備をする。

秋天の髪は私が洗う。

念入りにちゃんと、私と同じ綺麗な髪だから。

「かか様、まだ？」

「もうちょっと我慢」

幸いなのはシャンプーハットも必要としていない良い子なので手間はかからない。

これがサクラたちなら嫌がって逃げるから大変。

まあ、子供からすれば髪の手入れなんて意味不明だったし。

私もどちらかというとサクラたちのようだったと言える。

そんな過去と比べると、秋天は良い子なのだが、やっぱりおとなしすぎる気がする。

「かか様？」

「ん。もう終わり。さ、お風呂につかろう」

「はい？」

ちょっと首を傾げつつも一緒にお風呂に浸かる。

休みの朝からゆっくりお風呂につかるというのは、贅沢。

サマンサたちが働いている中で私と秋天はゆっくり。

ああ、幸せ。

空は青空が広がっていて、お風呂から上がっても時間がある。

いつもなら仕事の時間が始まったり、晩御飯を食べて寝るぐらいしかないのだけれど休みは良い。

さて、今日はこれからどうしよう。

お風呂につかりながら考える。

本を読む？　でも秋天のやりたいことが大事だし……。

「秋天。今日は何をしてみたい？」

素直に秋天に聞いてみることにする。

私の意見を押し付けるのはよくない。

「んー？　何がしたいか分かんない？」

ふむ、何をするというのがいけなかった？

じゃあ、ちょっと聞き方を変えるべき？

「どこかに行ってみたいとか、誰と遊びたいとか、こういう本を読んでみたいとか」

「うーん。……かか様がよく行っている場所を見てみたい？」

「私が行っている場所？」

「うん。いつもかか様たちが家にいるわけじゃないのは知ってる。いざという時連絡がとれるところを知りたい」

「なるほど。それは確かに大事」

とはいえ、それは秋天のやりたいこととは別だと思う。

でも、それを言っても今の秋天には理解できないのだろう。

それならいい機会だから色々回って秋天の興味を引くものがないかを調べてみよう。

そういうことで、私と秋天はお風呂から上がった後、着替えをしてお外に出ることにする。

手を繋いで、文字通り親子として。

そして、玄関で靴《くつ》を履いていると秋天はこちらに振り返り満面の笑みを見せる。

「かか様と手を繋いでお出かけ。私初めて」

「私も久しぶり」

そう久しぶりだ。

爺が小さい頃、私の手を引いて連れて行ってもらった記憶がある。

なるほど、これが子供を連れていくっていう楽しさ。

それを初めて私も実感する。

サクラやスミレともお出かけしたけど、まだ彼女たちは抱っこが基本だし、こうして手をつないで歩くのは私は経験していなかった。

セラリアたちも言っていたっけ、子供ができてから初めてなことをよく経験しているって。

秋天が初めての手をつないでのお出かけというが、それは私にとっても初めての出来事。

自分の子供を外に連れ出すっていう一大イベント。

「さ、手を出して。迷子にならないように」

爺はこんなことを言っていたと思う。

そしてそれは間違いではないとも。

「はい。かか様」

握り返された小さな柔らかい手。

そこから伝わるのは信頼とこれから外に出るワクワクなど色んな気持ち。

だから、私はこう思う。

絶対に守ってあげると。

今日は少しだけ、母親として成長したのかなと思うのであった。

モンスター文庫

1
超難関ダンジョンで10万年修行した結果、世界最強に
～最弱無能の下剋上～
力水
ill 瑠奈璃亜
【この世で一番の無能】カイ・ハイネマンは13歳でこのギフトを得た。しかし、ギフトの効果により、カイの身体能力は著しく低くなり、ギフト至上主義のラムールでは、蔑まれ、いじめられるようになる。カイは家から出ていくことになり、王都へ向かう途中襲われてしまい必死に逃げていると、ダンジョンに迷い込んでしまった——。そのダンジョンでは、『神々の試煉』をクリアしないと出ることができないようになっており、時間も進まないようになっていた。カイは死ぬような思いをしながら『神々の試煉』を10万年かけてクリアする。クリアする過程で個性的な強い仲間を得たりしながら、世界最強の存在になっていた——。かつて、無能と呼ばれた少年による爽快無双ファンタジー開幕！
モンスター文庫

発行・株式会社　双葉社

モンスター文庫

魔王軍最強の魔術師は人間だった
1
羽田遼亮
illustration KUMA
魔王軍最強との呼び声高い、魔王軍第七軍団所属「不死旅団」。その団長を務める者の名をアイクという。絶大な魔術で敵をなぎ払うさまは、まさしく「魔物」。だが、アイクはある重大な秘密を隠していた。それは—「実は俺、人間なんだよね！」。魔王軍幹部として働くことになったアイク。だが、転生者は彼だけではなかった—!!
「小説家になろう」発、大人気魔界転生ファンタジー。
モンスター文庫

発行・株式会社　双葉社

モンスター文庫

異世界召喚は
二度目です
1
岸本和葉
40原
Shimahara
かつて異世界へと勇者召喚され、その世界を救った男がいた。もちろん男はモテまくるようになり、異世界リア充となった。だが男は「罠」にハメられ、元の世界へと強制送還。おまけに赤ん坊からやり直すことに――。これは、今はちょっぴり暗めの高校生・須崎雪として生きる元勇者が、まさかまさかの展開で、再び異世界へと召喚されてしまうファンタスティックすぎる勇者様のオハナシ!! 書き下ろし番外編「輝くは朝日、決意は夕陽」を収録した「小説家になろう」発、痛快バトルファンタジー!
モンスター文庫

発行・株式会社　双葉社

モンスター文庫
進化の実
1
知らないうちに
勝ち組人生
Miku
美紅
Umiko
U35
illustrator
ある日、柊誠一の通っている高校が学校ごと異世界に転移した。デブ&ブサイクの誠一はクラスメイトに仲間はずれにされ、一人森をさまよう。クレバーモンキーが持っていた〝進化の実〟を食べて飢えをしのぐが、ステータスで《運》がゼロの誠一は、カイザーコングのサリアに襲われる。しかし……『私、初メテ。ダカラ、優シクシテネ?』なぜか、サリアに求婚されたァぁぁぁ!? 一途なサリアに〝ゴリラもありかな〟なんて思っていた矢先、2人は悲劇に見舞われる。しかし〝進化の実〟を食べていた2人には、信じられない奇跡が!?――『小説家になろう』発、大人気アニマルファンタジー!
モンスター文庫

発行・株式会社　双葉社

MONSTER bunko

必勝《ひっしょう》ダンジョン運営《うんえい》方法《ほうほう》㉑

2024年6月2日　第1刷発行

著者　雪《ゆき》だるま

発行者　島野浩二

発行所　株式会社双葉社

〒162-8540
東京都新宿区東五軒町3-28
電話　03-5261-4818（営業）
　　　03-5261-4851（編集）
http://www.futabasha.co.jp
（双葉社の書籍・コミック・ムックが買えます）

印刷・製本所　三晃印刷株式会社

フォーマットデザイン　ムシカゴグラフィクス

ISBN978-4-575-75339-4　C0193
Printed in Japan

Mゆ01-23